Silke Heimes
Keine Bleibe für Schnee

Herausgeber:
Eberhard Keil

Silke Heimes

Keine Bleibe für Schnee

Erzählungen

ALKYON
Buchverlag Irmgard Keil

Bibliografische Information der Deutschen Bibliothek
Die Deutsche Bibliothek verzeichnet diese Publikation in der Deutschen Nationalbibliografie; detaillierte bibliografische Daten sind im Internet über http://dnb.ddb.de abrufbar.

© 2006
ALKYON
Buchverlag Irmgard Keil
Wilhelm-Kopf-Str.29
D-71672 Marbach am Neckar

Druck und Verarbeitung:
Gruner Druck GmbH Erlangen
Umschlagfoto: Christoph Rau, Darmstadt

ISBN 3-934136-60-5

Abschied

Ich habe sie bewundert, sitze an meinem Schreibtisch, sehe die Kirschen reifen und frage mich, ob die Stimmen verstummt wären, hätte ich sie weniger geliebt.

Obwohl der Garten schön ist, vermisse ich meine alte Wohnung, das Knacken der Dielen, die schiefen Wände, die nachlässig gestrichenen Decken mit den Farbnasen, ja sogar das verhasste Tropfen des Duschkopfes vermisse ich, den Tand, das anarchische Chaos und die Halme der Heuballen im Treppenhaus, ebenso wie die Kaninchenköttel, die ich fast mehr vermisse als die Kaninchen selbst. Ich vermisse die Kinder, ihre in den Weg geworfenen Roller und Hula-Hoop-Reifen, das sirenengleiche Schreien der Jüngsten, das mich des Öfteren aus dem Schlaf gerissen hat. Die neue Wohnung ist modern, die Kacheln im Bad sind lotgerecht befestigt, das Fugenmaterial sauber eingespritzt, die Fußböden ermöglichen ein senkrechtes Aufstellen der Schränke, ohne das Unterschieben von Holzkeilen verschiedener Stärken, die Fenster sind doppelt verglast und Schall isoliert, kurz gesagt, die neue Wohnung ist perfekt, zu perfekt.

Dennoch war es gut umzuziehen, ein Leben ohne Stimmen, ich höre sie nicht mehr, will sie nicht hören, schicke sie von mir, sobald sie laut werden, schreibe und schreie gegen sie an, hole nach was Mascha nicht vermochte, schreibe und hoffe, dass es irgendwann leichter wird. Ich lebe.

Die Kirschen sind klein und hell. In zwei Wochen, wenn sie reif sind, pflücke ich sie, allerdings nur die unteren, die oberen lasse ich den Vögeln. Vielleicht koche ich Marmelade, wie mein Vormieter, der mir ein paar Gläser Kirschmarmelade auf einem Regal im Keller hinterlassen hat. Am Rande des Regals, auf dem die Marmeladengläser stehen, lehnt ein Ölbild von Mascha, das einzige von ihr gemalte Bild, das ich besitze.

Das Erinnern ist mühsam. Wie eine Schnecke krieche ich auf meiner eigenen Schleimspur vorwärts und rutsche die wenigen Zentimeter, die ich nach vorne gekrochen bin, wieder zurück und krieche weiter.

Unsere erste Begegnung verlief unglücklich, Mascha spielte die Kühle, Wissende, Mascha mit der Maske. Es war der erste Studientag, die medizinische Fakultät veranstaltete eine Einführungswoche, in der jeder Studienanfänger ein Los zog und einer Sechsergruppe zugeteilt wurde, in der man sich dann näher kennen lernen sollte. Schon beim Auslosen der Gruppen dachte ich, dass ich es schlechter nicht hätte treffen können, drei blasse Mädchen, Mascha und ein ehemaliger Philosophiestudent, der sich ebenso ungerührt und überlegen gab wie Mascha, und dessen Namen ich vergessen habe. Ich erinnere nur, dass er Cordhosen trug, Mascha war in ein grünes fließendes Kleid mit braunen Spiralen gehüllt, in dem sie schwanger aussah. Obwohl sie mir zunächst unsympathisch war, hatte sie gleichzeitig etwas, das mich auf magische Art anzog, vielleicht war es ihre Souveränität, die sich an der Grenze zur Überheblichkeit bewegte, die mich zugleich abstieß und anzog, weil ich sie selber gerne gehabt hätte.

In der zweiten Studienwoche gingen Mascha und ich das erste Mal zusammen Kaffee trinken. Ich war ungeheuer bemüht, klug zu wirken und Mascha zu gefallen, gerade als wolle ich es einem Liebhaber Recht machen. Sie hingegen wirkte vollkommen entspannt, und was sie sagte, schien mir treffend und eloquent. Als älteste Tochter in einem konservativen Arzthaushalt aufgewachsen, hatte sie es nicht leicht gehabt, ihr jüngerer Bruder, der einzige Sohn, war zärtlich und kränkelnd und wurde immer bevorzugt, die beiden Schwestern fügten sich in ihre Rollen, nur Mascha konnte sich nicht einfinden, wollte nicht zurückstehen. Der Bruder nicht in der Lage, die Landarztpraxis des Vaters zu übernehmen, und Mascha wurde vom Vater nicht in Betracht gezogen, weil sie ein Mädchen war. Die Praxis würde in fremde Hände fallen, daran änderte auch Maschas verspätetes Medizinstudium nichts. Mascha hatte Recht, wenn es um Geschwister ging, konnte ich nicht mitreden, doch auch ohne die nötige Erfahrung konnte ich mir vorstellen, dass es für sie nicht leicht gewesen war, wusste ich, wie es sich anfühlte, vergeblich um die Anerkennung des Vaters zu kämpfen. Mascha saß während des Gespräches sehr aufrecht, hinter ihrem Kopf hing die Schwarz-Weiß-Fotografie eines Bauchnabels, neben dem Foto eine Reihe von Bildern, auf denen ausschließlich Brüste zu sehen waren, Brüste, die von Bild zu Bild schlaffer wurden, ganz am Rand schließlich die Fotografie einer amputierten Brust, eine scharf konturierte Narbe, die einen harten Kontrast zu der noch vorhandenen Brust bildete, die straff und glatt war. „Der Körper einer Frau ist schön", sagte Mascha ohne erkennbaren Zusammenhang. „Auch der alternde Körper", fügte sie hinzu und zeigte auf eines der Bilder, auf dem die Brüste welk nach unten hingen. „Selbst eine amputierte Brust hat etwas Ästhetisches", sagte sie. „Narben, endlich einmal öffentlich gemacht."

Nach Maschas Tod war ich noch einmal im Schwarz-Weiß-Café, das seinen Namen wechselnden Ausstellungen schwarz-weißer Fotografien verdankt. Die Bilder mit den Brüsten waren durch verschwommene Fotografien ersetzt worden, die laut ausliegender Vita mit einer Camera obscura aufgenommen worden waren. Der Vita war überdies zu entnehmen, dass alle sich an den Wänden befindenden Fotografien den Titel: ‚Ohne Titel' trugen, der als Titel und zugleich als Programm zu verstehen sei, so die Selbstaussage des Künstlers. Ich verließ das Café, ohne etwas getrunken zu haben.

Zwei Fotografien und das von ihr gemalte Bild im Keller sind alles, was ich von Mascha besitze. Eine der beiden Fotografien wurde in einem Park aufgenommen, Mascha lehnt an einer Kastanie und hat diesen skeptischen Blick, der für sie so charakteristisch war. Das andere Foto zeigt sie als Kind mit dürren Armen und Beinen in einer Sporthalle auf einer Bank sitzend, eine orangefarbene, übergroße Schultüte vor der Brust, neben ihr ein blasser Junge mit Engelsgesicht, auf dem Schoss einen gelben Schulranzen. Mascha und der Junge hatten zusammen die Grundschule besucht und auf dem Dachboden seiner Eltern Doktor gespielt. Die Fotografie, die Mascha im Park zeigte, hatte sie mir aus einer Laune heraus geschenkt, um die andere hatte ich sie gebeten, aus dem Bedürfnis heraus, die zierliche Mascha der Vergangenheit zu schützen. „Nimm sie", hatte sie mit einem spöttischen Zug um den Mund gesagt, und es hatte mich merkwürdig geschmerzt, welch leichten Herzens sie die Fotografie verschenkte.

Ich öffne das Fenster, es riecht nach Schweiß, ein Geruch, der nicht zum Frühling passen will. So muss Mascha gerochen haben, als man sie auf das Bett geschnallt hat, denke ich. Es ist der Geruch der Angst, der Geruch eines Menschen, den man mit Riemen um die Hand- und Fußgelenke auf ein Bett schnallt. Veraltet, dachte ich, als sie mir davon erzählte, solche Methoden sind doch längst verboten, niemand wird heutzutage noch auf ein Bett geschnallt, nicht in einem deutschen Krankenhaus, dachte ich und nahm mir vor, bei Gelegenheit einen Arzt danach zu fragen, ebenso wie nach der Behandlung mit Elektroschocks, die ich Maschas übersteigerter Phantasie zurechnete. Gefragt habe ich nie. „Die haben mich aufs Bett geschnallt", hatte Mascha gesagt. „Jeder hätte sich bedienen können. Erst stopfen sie einen voll Tabletten, dass man aufgeht wie ein Hefekloß, und wenn man trotz der Tabletten keine Ruhe gibt, schnallen sie einen aufs Bett." Sie war den Tränen nahe gewesen, doch statt zu weinen, hatte sie plötzlich geschrien: „Nie wieder! Vorher bringe ich mich um!"

Ich hielt Mascha von der Umsetzung ihrer Drohung ab. „Morgen sieht alles ganz anders aus", sagte ich, als sie ein zweites Mal den Schutz eines Krankenhauses benötigte und wendete diesen verlogenen Satz so lange in meinem Kopf, bis ich ihn selbst glaubte. „Ein neuer Tag", hatte ich wieder und wieder gesagt. „Nur heute, heute musst du noch durchhalten."

Ich kann es mir nicht verzeihen, Mascha erneut an diesen Ort gebracht zu haben, einen Ort, den sie mehr fürchtete als alle Stimmen in ihrem Kopf, einen Ort, der ihr das letzte bisschen Selbst raubte.

Bevor ich die Kirschen ernten kann, haben die Vögel sie gefressen, die von den oberen Ästen wie die von den unteren, mir bleiben nur die Reste, ein winziger Eimer voll, gerade genug, drei Gläser Marmelade zu kochen, die ich jeweils mit einem Stoffhäubchen und einem Geschenkband versehe. Jemand, der sich umbringen will, den hält man nicht, dröhnt es in meinen Ohren, und in die Erinnerung mischt sich die Scham, Mascha erst jetzt zu verstehen.

„Geh!", schrie Mascha. „Ich habe dich nur ausgenutzt, immer nur ausgenutzt!" Sie spuckte mir ins Gesicht und lachte.

In der Nacht hatte das Telefon geklingelt. Als ich nach dem Hörer greifen wollte, fiel der Apparat auf den Boden. „Kannst du kommen?", fragte Hilde, nachdem ich den Hörer am Ohr hielt. „Ich habe solche Angst. Wir wissen nicht, was wir tun sollen." „Ich komme", sagte ich und verschwieg, dass auch ich nicht wusste, was zu tun war. Hilde öffnete die Wohnungstür, hinter ihr stand Anita und weinte. Mascha hatte sich in ihrem Zimmer eingeschlossen. Als ich an die Tür klopfte, schrie sie: „Geh!" Dann schrie sie das mit dem Ausnutzen, dass sie mich immer nur ausgenutzt habe, und dass es ihr mit unserer Freundschaft nie Ernst gewesen sei. „Verschwinde!", schrie sie, und Anita flüsterte: „Geh nicht. Sie meint es nicht so, bestimmt nicht." „Hoffentlich springt sie nicht vom Balkon", fügte Hilde hinzu, und Anita fing an zu schluchzen. Am liebsten hätte ich sie angeschrien. Hör mit dem dämlichen Schluchzen auf, wollte ich schreien, dein Schluchzen bringt uns keinen Schritt weiter. Stattdessen sprach ich so ruhig wie möglich mit Maschas Zimmertür. „Sei doch vernünftig", sagte ich, als existiere ein solches Wort in ihrem Wortschatz. „Weg!", schrie sie und warf sich von innen gegen die Tür. Dann war es einen Augenblick lang still, sogar Anita hatte aufgehört zu weinen. Doch die Ruhe hielt nicht an. Mascha riss die Tür auf und spuckte mir ins Gesicht, das Schlimmste waren ihre Augen. „Ich hasse dich!", schrie sie und spuckte mir ein weiteres Mal ins Gesicht, feine, sprühende Spucketröpfchen. „Glaub ihr nicht", flüsterte Anita. „Sie weiß nicht, was sie sagt." Obwohl ich Angst hatte, Mascha könnte mir ins Gesicht schlagen, griff ich nach ihrem Arm. Sie riss sich los und stieß mich von sich, so dass ich gegen Hilde prallte und mit Hilde gegen die Wand. Mascha nutzte die Verwirrung, schlug die Tür ihres Zimmers zu und schloss wieder ab. „Und jetzt?", fragte Anita weinerlich, so dass ich Mühe hatte, sie nicht doch noch anzuschreien. Wie konntet ihr nur so dumm sein, Mascha das Zimmer mit dem Balkon zu geben, wollte ich Anita und Hilde anschreien, ihr hättet wissen müssen, dass sie irgendwann springen wird, wollte ich schreien, was seid ihr bloß für Menschen. Doch ich erkundigte mich unsinnigerweise nach den Eltern, die vierhundert Kilometer weit entfernt wohnten, aber vermutlich auch dann nicht gekommen wären, hätten sie unmittelbar in der Nachbarschaft gewohnt. Ihre Tochter war nicht krank. Was es nicht geben durfte, gab es nicht. Das hatten sie mir bei Maschas erster Einweisung deutlich zu verstehen gegeben. „Vielleicht sollten wir die Polizei rufen", sagte ich ohne große Überzeugung. „Die Polizei?", fragte Anita erschrocken und sah aus wie ein Reh, das im Scheinwerferlicht eines Autos stehen bleibt. Bevor ich noch etwas entgegnen konnte, riss Mascha die Tür auf, stürzte auf mich zu, stemmte sich gegen mich und versuchte mich aus der Wohnung zu drängen. „Alle unter einer Decke!", schrie sie, dazu lachte sie irre. „Aber ihr kriegt mich nicht!", schrie sie, und als sie merkte, dass ich mich nicht aus der Wohnung drängen ließ, versetzte sie mir einen Schlag in den Magen und rannte zurück in ihr Zimmer. Die Tür blieb offen. Mascha lief zielstrebig auf den Balkon und schwang ein Bein über das Geländer. „Ich springe!", rief sie und lachte. „Morgen geht's dir wieder besser", sagte ich kläglich, wohl wissend was für ein Unsinn das war. Hilde und Anita standen wie versteinert im Flur und starrten auf das über dem Balkongeländer hängende Bein von Mascha. „Soll ich die Polizei rufen?", fragte Anita leise, während ich mich, aus Angst, eine unbedachte Bewegung könne Mascha zum Springen veranlassen, langsam in Richtung Balkon schob. Als ich nur noch wenige Zentimeter von Mascha entfernt war, drehte sie sich ruckartig um und schrie: „Was weißt du denn schon!" Sie lachte tonlos, wobei ihr ganzer Körper vibrierte, so dass ich Sorge hatte, sie könne alleine schon aufgrund dieser Vibration auf die Straße stürzen. Ebenso unvermittelt, wie sie zu lachen begonnen hatte, hörte sie wieder auf und zog das Bein zurück. „Schluss", sagte sie erstaunlich ruhig, ganz als sei in den letzten Minuten nichts Außergewöhnliches geschehen. „Ihr könnt gehen", sagte sie. „Ich bringe mich nicht um." Vor Erleichterung fingen meine Beine an zu zittern, und ich hätte mich am liebsten an Ort und Stelle auf den Boden fallen lassen. Doch in diesem Augenblick betrat Anita das Zimmer. „In zehn Minuten sind sie da", sagte sie, und ich hasse sie für diese Worte. „Wer?", fragte Mascha scharf. „Wer ist in zehn Minuten da?" „Die Polizei", sagte Anita, und ich hasse sie noch mehr. Maschas Augen verengten sich, sie stieß Anita und mich zur Seite, rannte über den

Flur und schloss sich dieses Mal im Badezimmer ein. „In zehn Minuten", wiederholte Anita. „Sie haben es versprochen." Ich schlug sie mitten ins Gesicht. Obwohl ich nicht fest geschlagen hatte, hielt sie sich die Wange. „Hoffentlich schneidet Mascha sich nicht die Pulsadern auf", sagte Hilde, und ich schrie: „Seid ihr eigentlich noch ganz sauber?" „Schrei uns nicht so an!", schrie Hilde zurück, und Anita gab ein merkwürdig ersticktes Geräusch von sich. Ich war zu erschöpft, um etwas zu entgegnen, und ließ mich vor der Tür des Badezimmers auf den Boden gleiten. Den Kopf in die Hände gestützt, hielt ich mir die Ohren zu, bis die Polizei kam. Sie waren zu zweit, eine Frau und ein Mann. Stumm zeigte ich auf die Tür des Badezimmers. Anita hob zu einer Erklärung an, die Polizistin drängte sie beiseite. „Darf ich", sagte sie und klopfte an die Badezimmertür. „Hier ist die Polizei", sagte sie und klopfte ein weiteres Mal. „Machen Sie auf." Verräterin hämmerte es in meinem Kopf. Verräterin, Verräterin, Verräterin. Überraschenderweise öffnete Mascha die Tür. „Mir geht es gut, danke", sagte sie höflich zu der Polizistin. Sie musste sich das Gesicht gewaschen haben, von ihrem Kinn tropfte Wasser. Die Polizistin blickte uns erstaunt an. „Sie wollten sich umbringen?", fragte sie Mascha. „Quatsch", sagte diese. „Wer behauptet so einen Blödsinn." Der Polizist, der sich bis zu diesem Zeitpunkt im Hintergrund gehalten hatte, verzog entnervt das Gesicht und trat einen Schritt nach vorne, was er besser unterlassen hätte, denn Mascha, die sich ganz offensichtlich bedroht fühlte, schlug ihm hart ins Gesicht. Das Letzte, was ich von Mascha sah, war ihr Rücken, eingeklemmt zwischen den Rücken der Polizisten, die sie die Treppenstufen nach unten führten.

Jede Nacht das gleiche Bild: breite, braune um Maschas Hand- und Fußgelenke geschnallte Riemen, die um so tiefer einschneiden, je mehr Mascha sich wehrt. Eine halbe Stunde lang mag sie versucht haben, sich zu befreien, bis die Riemen so tief einschnitten, dass keine weitere Bewegung mehr möglich war. Der Mund vom Schreien ausgetrocknet. Mascha, die Spucke sammelt, um weiter schreien zu können. Sicher hat sie irgendwann die Augen geschlossen, um die Zimmerdecke nicht mehr sehen zu müssen, weiß wie die Laken, in die man sie gehüllt hat, damit sie nicht auskühlt. Das Zimmer mag zum Hof gelegen haben, absolute Stille, und in die Stille hinein die Stimmen.

Ich sitze an meinem Schreibtisch, meine Beine zittern, dass ich sie festhalten muss. Ich habe Maschas Ölbild aus dem Keller geholt und in mein Arbeitszimmer gestellt. Zarte braune Striche, die zwei verschlungene Körper darstellen, nicht zu entscheiden, ob im Tanz oder im Kampf. Hätte Mascha nur ein wenig mehr erzählt, etwas, womit sich denken ließe.

Zwei Tage, nachdem Mascha von der Polizei abgeholt worden war, besuchte ich sie im Krankenhaus. Sie hatten sie in einer geschlossenen Abteilung untergebracht, und ich musste klingeln. Ein Pfleger öffnete die Tür, direkt hinter ihm stand eine junge Frau, die nur darauf wartete, ins Freie zu schlüpfen, doch der Pfleger versperrte ihr den Weg.

Mascha saß auf ihrem Bett, fast hätte ich sie nicht erkannt, ihr Körper war aufgedunsen, die Augen wirkten erloschen. Ich erzählte lauter belanglose Sachen.

Ich sitze am Schreibtisch. Walnusszeit. Kein Nussbaum in meinem Garten, nur der Kirschbaum, der seine Blätter verliert. Seit ich zu schreiben angefangen habe, sind die Stimmen lauter geworden, wie ein Fieber, das ausgeschwitzt werden muss, bevor es abklingt. Ich nehme mir vor nachzuschlagen, wie das Erinnern funktioniert.

Wir saßen auf Maschas flaschengrünem Sofa und planten ihre Geburtstagsfeier. Mascha streichelte mir die Wade und zählte auf, wen sie zu dem Fest einzuladen gedachte. „Markus, Gabi und meinen Bruder." Sie stockte, blickte abwesend auf ein Bild, das sie offensichtlich erst vor kurzer Zeit gemalt hatte, da die Farben noch nicht getrocknet waren. „Ich will ein Kind", sagte sie dann plötzlich, und ich war so überrascht, dass ich schwieg und mir einfach weiterhin die Wade von ihr streicheln ließ. Dieser Satz war alles, was sie dazu sagte, dann fuhr sie fort, die zur Feier einzuladenden Gäste aufzuzählen. Weder sagte sie, wie sie sich das vorstellte, so ein Leben mit Kind, noch äußerte sie sich darüber, wen sie als Vater auserkoren hatte.

Auf der Geburtstagsfeier lernte ich Maschas Bruder kennen. Er sah nicht halb so kränklich aus, wie Mascha ihn beschrieben hatte. Die meiste Zeit hielt er sich in der Küche auf, mit dem Rücken zum Fenster, und wirkte vor dem Schnittlauch, den Vergissmeinnicht und einem Wurzeln treibenden Avocadokern auf der Fensterbank merkwürdig fehl am Platz. Mascha trug eine blaue Seidenhose und bewegte sich weich und fließend, so elegant, dass ich mich den gesamten Abend daran berauschte. Nie wieder sah ich sie in solch vollendeten Bewegungen. Nach ihrem letzten Klinikaufenthalt wurden ihre Bewegungen hölzern und eckig, als habe man ihr mehrfach die Knochen gebrochen.

Statt am Schreibtisch sitze ich in einem Café. Am Nebentisch spricht eine Frau leise mit sich selbst. Sie trägt einen roten Hut aus Samt, auf dem Tisch liegt eine dazu passende Handtasche. Am liebsten würde ich ihr sagen, dass auch ich zuweilen mit mir selbst rede. Doch aus Angst vor einer mit nach außen gekehrtem Handrücken ausgeführten Geste der Ablehnung, wie Mascha sie oft machte, schweige ich.

Eine Woche nach ihrer Entlassung aus dem Krankenhaus hatte Mascha einen Autounfall. Sie fuhr gegen eine Verkehrsinsel. Die Polizei fand sie mit dem Kopf auf dem Lenkrad. „Ich kann hier nicht weg", soll sie geschrien haben, als die Polizisten sie aus dem Auto holen wollten. Die Polizisten schlossen einen Selbstmordversuch nicht aus und brachten Mascha in die Psychiatrie. Erneut verschwand sie für zwei Monate hinter den Türen einer geschlossenen psychiatrischen Abteilung.

„Es juckt!", sagte sie zur Begrüßung, als ich sie dieses Mal im Krankenhaus besuchte. Kein einziges Mal sah sie mich an, starrte nur immerzu aus dem Fenster. „Schön, dass man da einen Baum gepflanzt hat", sagte sie, während sie sich unablässig mit den Fingernägeln über die Arme kratzte. „Ich wollte mich nicht umbringen", sagte sie. „Das musst du mir glauben." Obwohl sie es nicht sehen konnte, nickte ich. Ihre Fingernägel hinterließen rote Striemen auf ihren Armen. Sie kratzte so lange, bis einer der Striemen zu bluten anfing. Vielleicht war es das, was Mascha wollte: den Schmerz endlich einmal öffentlich machen. „Danke, dass du gekommen bist", sagte sie bald darauf, erhob sich vom Bett und verließ das Zimmer. „Mach's gut", rief ich hinter ihr her, obwohl klar war, dass sie mich nicht hören konnte.

Auf dem Weg nach Hause zählte ich die Bänke im Park und die Liebespaare auf den Bänken. Es ergab sich ein Verhältnis von zehn zu drei. Drei Schübe innerhalb kürzester Zeit, man musste kein Medizinstudium absolviert haben, um zu wissen, dass das keine gute Prognose zu bedeuten hatte.

Maschas Eltern besaßen ein Wochenendhaus in der Eifel, das sie Mascha, Hilde, Anita und mir für ein Wochenende zur Verfügung stellten. „Lasst uns ein Theaterstück über die Günderrode schreiben", sagte Mascha, kaum dass wir dort angekommen waren. „Stellt euch vor, die Günderrode ist Heinrich von Kleist nie begegnet, und das, obwohl sie die gleichen Freunde hatten. Wir arrangieren auf der

Bühne ein fiktives Treffen zwischen den Beiden." Mascha war so begeistert von der Idee, dass wir es ebenfalls waren. Auf einer Bank vor dem Haus schrieben Mascha und ich eine Balkonszene zwischen Karoline und Heinrich, wie sie zwischen Karoline und Creuzer tatsächlich stattgefunden hatte. Wir spannen Liebesdialoge, als seien es unsere eigenen. Nachdem wir den letzten Satz geschrieben hatten, ließ Mascha mich jedoch einfach auf der Bank sitzen und verschwand bis zum Abend, ohne später sagen zu können, wo sie den Nachmittag verbracht hatte.

Eines Abends zeigte Mascha mir ein Bild, das sie am selben Morgen gemalt hatte. „Für dieses Bild", erklärte sie, „habe ich gerade einmal zwei Röhrchen Blut gebraucht." Sie redete von Blut, Blutabnahmen und Oxidation, überdies von Hühnerdärmen. Ob sie jemals mit Hühnerdärmen gearbeitet hat, weiß ich nicht. Als Kind fand ich eines Tages einen Vogelkopf in unserer Straße. Das an dem Kopf verbliebene Fleisch versuchte ich mit Alkohol zu lösen, so wie es uns die Lehrerin in der Schule gezeigt hatte, aber es misslang; vielleicht weil der Himbeergeist, den ich verwendete, nicht hochprozentig genug war.

Bei einem Waldspaziergang schrie Mascha einen Mann an, der gegen einen Baum pinkelte. „Schwein!", schrie sie, so laut, dass sich der Mann, weil er nicht schnell genug fliehen konnte, beinahe das Glied im Reißverschluss eingeklemmt hätte. Womöglich war der Lärm, den Mascha veranstaltete, nur Ausdruck einer übergroßen Angst vor dem Leben.

Ich weiß nicht, wie Mascha und Leon sich kennen lernten. „Ist doch gleichgültig", sagte sie, als ich sie danach fragte. „Jedenfalls heirate ich ihn und bekomme ein Kind." Wenige Wochen später heiratete sie ihn tatsächlich. Ich lernte Leon erst bei der Hochzeit kennen, möglicherweise dachte Mascha, ich würde ihr von der Hochzeit abraten, hätte ich ihn zuvor kennen gelernt. Und wirklich, ich hätte ihr abgeraten.

Maschas Eltern weigerten sich, zu der Hochzeit zu kommen. „Du bist wahnsinnig", sagte ihre Mutter. „Einen Mann zu heiraten, den du nicht kennst. Dein Vater und ich sind nicht gewillt, diesen Wahnsinn zu unterstützen." Maschas Geschwister blieben der Hochzeit ebenfalls fern, ob aus Gleichgültigkeit gegen Mascha oder aus Solidarität mit den Eltern, weiß ich nicht. Es wurde eine Feier im kleinsten Kreis. Mascha und Leon, Anita, Hilde und ich, Jan und Sonia, die Mascha beide in der Klinik kennen gelernt hatte. Sonia erzählte mir, dass sie in der Klinik gewesen war, weil sie den Impuls nicht unterdrücken konnte, den Kopf gegen die Wand zu schlagen. Am Tag der Hochzeit schien ihr Kopf unversehrt, sie wirkte jung und gesund. Jan schenkte Mascha ein Ölbild, das jenem in meinem Arbeitszimmer erstaunlich ähnelte. Feine Striche, in denen man eine in sich gespannte, kurz vor der Pirouette stehende Ballettänzerin erkannte, allein die Striche waren schwarz und nicht braun. „Das bist du", sagte Jan, als er Mascha das Bild überreichte, dazu lächelte er, und man sah seine kleinen, etwas schiefen Zähne. Leon, mit seinen sehr geraden und sehr weißen Zähnen, die wirkten, als habe er sie extra für die Hochzeit bleichen lassen, nahm das Bild und stellte es hinter einen Tisch. Er deutete auf die Kamera, die an einem Band um Jans Hals hing und lächelte gönnerhaft. „Oh, eine alte Canon", sagte er gestelzt. „Fast schon eine Antiquität." Jan erwiderte nichts, hob lediglich die Kamera und schoss ein Foto von Leons erstarrtem Lächeln. Später am Abend setzte Jan mit seiner Zigarette eine Tischdecke in Brand. Bis jemand Wasser darüber schüttete, hatte das Feuer das Holz des Tisches verkohlt. Leon regte sich wortreich auf und versicherte, er werde Jan die Rechnung für die Tischdecke und das Abschleifen der Tischplatte schicken. Beim Verladen der Geschenke ließ Leon das Ölbild hinter dem Tisch stehen. Mascha, die noch einmal zurückging, unterstellte

Leon, das Bild absichtlich dort stehen gelassen zu haben. Sie weigerte sich, zu ihm ins Auto zu steigen, und es bedurfte einiger Überredungskunst, bis sie schließlich auf der Rückbank Platz nahm. Steif, das Ölbild wie ein Schutzschild vor die Brust gepresst saß sie da, bis Leon ruckartig anfuhr, und ich das Auto langsam in der Ferne verschwinden sah.

Zwei Wochen nach Maschas Hochzeit lud Jan mich zu sich nach Hause ein. Ich dachte, er wolle mir die Hochzeitsfotos zeigen, aber er zeigte mir kein einziges Foto, sondern stellte mich Heinrich vor, einem vier Jahre alten Dobermann, der auf einem Sofa schlief, das neben einem Bett der einzige Einrichtungsgegenstand in dem knapp zwanzig Quadratmeter großen Zimmer war. Über den Fußboden verteilt lagen Kleider, inmitten der Kleider stapelte sich Papier zu kleinen Türmen. „Komm", sagte Jan, kaum dass ich eingetreten war, ergriff meine Hand und führte mich auf den Balkon, auf dem zahlreiche Bonsais auf klapprigen Stühlen standen. „Die habe ich alle im Gebirge gefunden", verkündete er stolz. „Die meisten sind über zweihundert Jahre alt und ein Vermögen wert." Er lächelte. „Mascha liebte die Bäume", sagte er und sprach von ihr, als sei sie bereits tot. „Es faszinierte sie, dass die Bäume das Wachstum ihrer Blätter den äußeren Gegebenheiten anpassen können. ‚So will ich es auch halten', hat sie gesagt, ‚unter schlechten Bedingungen, werde ich mich so klein wie möglich machen'."

Wenige Wochen nach der Hochzeit wurde Leon von seiner Firma nach München versetzt. Er kaufte ein Haus am Stadtrand. Die Inneneinrichtung legte er großzügigerweise ganz in Maschas Hände, die solche Arbeiten hasste.

Ich war nur ein einziges Mal in München, das Haus habe ich nie betreten. „Das Haus macht mich krank", hatte Mascha am Telefon gesagt und vorgeschlagen, dass wir uns im Englischen Garten treffen.

Im Englischen Garten setzten wir uns auf eine Bank, in den Beeten rechts und links der Bank blühten Vergissmeinnicht. Mascha sprach hastig. „Die wollen mich nicht", sagte sie. „Keiner will mich. Leon nicht und auch sonst niemand. Und die Frau im Seminar will nicht, dass ich die Ausbildung schaffe." Im Laufe des Gesprächs, das ein sehr einseitiges war, erfuhr ich, dass Mascha eine Ausbildung zur Heilpraktikerin angefangen hatte. „Ich breche die Ausbildung ab", sagte sie, in einem Tonfall, der keinen Widerspruch duldete. „Was bleibt mir anderes übrig, die Münchner sind so verschlossen! Außerdem verlasse ich Leon." Noch während sie sprach, stand sie auf und ging davon, ohne sich noch einmal umzudrehen. Ich lief hinter ihr her, fragte, ob ich etwas für sie tun könne, fragte nach ihren Schwestern, nach Freunden in München, aber sie hörte mich nicht, beschleunigte nur ihre Schritte, so dass ich schließlich immer weiter zurückfiel. Ich wollte rufen: „Du irrst dich. Sicher irrst du dich. Leon ist ganz bestimmt auf deiner Seite. Mach die Ausbildung zu Ende. Geh auf die Menschen zu. Sie sind gar nicht so verschlossen, wie du denkst." Doch ich rief nicht. Nichts rief ich. Ich ging zurück zu der Bank, auf der wir kurz zuvor gesessen hatten, setzte mich und wärmte mir die Hände zwischen den Oberschenkeln.

Drei Wochen nach unserem Treffen im Englischen Garten beging Mascha Selbstmord. Leon übermittelte mir die Nachricht über meinen Anrufbeantworter. Er ließ mich wissen, dass er mich zu ihrer Beerdigung erwarte.

Jan wurde von Leon ebenfalls zu der Beerdigung eingeladen, doch er weigerte sich hinzugehen. „Ich kann Leon nicht ertragen", sagte er. „Der Typ weint nicht. Er lacht nicht. Er ist einfach nur steril. Da weine ich lieber alleine." Ich wagte nicht, ihn zu fragen, ob ich mit ihm weinen könnte, wagte es nicht, der Beerdigung fern zu bleiben.

Mascha war nach Neapel gefahren, in dem kleinen schwarzen Fiat, mit dem sie gegen die Verkehrsinsel gefahren war. Von Neapel aus hatte sie ihren Bruder angerufen. „Übernimm du Vaters Praxis", hatte sie gesagt und den Wagen von einer ungesicherten Brücke aus ins Meer gesteuert.

Bevor ich die Rose auf Maschas Sarg werfen konnte, wurde ich ohnmächtig. Als ich die Augen wieder öffnete, blickte ich in Leons Gesicht. Ich sah, wie sein Mund sich bewegte und hörte seine eindringliche Stimme. „Niemand ist Schuld", sagte er wohl artikuliert. „Du nicht und ich nicht." Am liebsten hätte ich ihm ins Gesicht gespuckt, doch mein Mund war wie ausgetrocknet, seit Tagen schon. Ich schloss die Augen, um sein Gesicht nicht länger sehen zu müssen. Mascha hat es geschafft, dachte ich. Niemand, der sie jemals wieder an ein Bett schnallen wird.

Die Stimmen verstummen nur, wenn ich selber rede. Ich verstehe nicht, was sie sagen. Die Ärzte jedoch wollen keine unverständlichen Stimmen, sie wollen etwas Konkretes, etwas, womit sich arbeiten lässt. Hinter vorgehaltenen Händen flüstern sie. Sie müssten sich nicht solche Mühe geben, ich weiß, was sie sagen. Sie sagen, dass ich die Mitarbeit verweigere und dass mir nicht zu helfen ist. Sie fordern, dass ich Mascha gehen lasse.

Ich weiß nicht, ob es Maschas Stimmen sind, die zu mir sprechen, aber die Stimmen klingen vernünftig, und es gibt keinen Grund, sie für einen Wahn zu halten.

Die Ärzte wollen, dass ich aufschreibe, was die Stimmen sagen. „Damit wir es gemeinsam besprechen können", sagen sie. Dann wieder fordern sie, dass ich male. „Malen Sie, was Sie sehen, sobald Sie die Augen schließen", sagen sie und schlagen die Hände über den Köpfen zusammen, weil ich nicht malen will. „So kommen wir nicht weiter", sagen sie, und ich frage mich, wohin sie kommen wollen, was passieren muss, damit sie auch mich aufs Bett schnallen.

Sie verstehen nicht, dass ich nichts will außer auf dem flaschengrünen Sofa sitzen und mir von Mascha die Waden streicheln lassen.

„Sie müssen lernen, die Stimmen als etwas Fremdes zu erkennen", sagen sie. „Die Stimmen, das sind nicht Sie." Auf die Frage, wer ich dann sei, haben sie keine Antwort. Selbst herausfinden soll ich das.

Der mich behandelnde Arzt hat ein Buch geschrieben, in dem alles steht, was man über Stimmen wissen muss, nichts darüber, ob man heutzutage noch Patienten aufs Bett schnallt. Als ich ihn danach frage, lacht er schallend. „Hier wird niemand aufs Bett geschnallt", sagt er, aber man kann ihm nicht trauen. Er fragt und fragt, und ich werde ganz wahnsinnig von seinen Fragen. „Tot!", würde ich am liebsten schreien. „Tot!"

Jeden Tag darf ich eine halbe Stunde lang in den Hof, in Begleitung. Findet sich niemand, der mich begleitet, darf ich nicht in den Hof. „Zu Ihrem eigenen Schutz", sagen sie. Aber ich will ihren Schutz nicht! Der Hof ist nicht besonders groß, in seiner Mitte steht ein Ahornbaum, dessen Blätter täglich die Farbe wechseln.

Die Schwestern haben mir alles abgenommen, womit man sich verletzen könnte, einschließlich des Trageriemens meiner Tasche. Meine Fingernägel muss ich unter Aufsicht schneiden. „Unkooperativ", sagen die Ärzte, doch das ist mir gleichgültig. Sollen sie sagen, was sie wollen.

Vier Wochen lang behalten sie mich in der Klinik, dann werde ich entlassen. Jemand, der sich umbringen will, den hält man nicht, dröhnt es in meinen Ohren.

Nach meiner Entlassung aus dem Krankenhaus setze ich mich in mein Auto und fahre Richtung Neapel. In Orvieto verlasse ich die Autobahn und setze mich vor eine Kirche. Die Luft ist feucht, und es riecht nach Meer, obwohl das Meer noch viel zu weit entfernt ist. Ich schlage gegen die verschlossene Kirchentür, sie bleibt verschlossen.

Ich fahre weiter, die Hände um das Lenkrad gekrampft, die Knöchel meiner Finger schimmern weiß.

Kurz hinter Neapel parke ich den Wagen ordnungsgemäß am Straßenrand und gehe ans Meer. Ich fülle meine Hosentaschen mit Steinen.

Ich weiß nicht, wie lange ich am Ufer stehe und auf das Meer blicke. Kurz der Gedanke, dass zwei Hosentaschen voller Steine mich nicht am Meeresgrund halten.

Nach einer Ewigkeit nehme ich die Steine aus den Hosentaschen und werfe sie einzeln in die Luft. Dazu lache ich, auch wenn es falsch klingt.

Die Maske

Ich trage die Maske, seit ich sechzehn Jahre alt bin. Sie hat einen ovalen Schnitt, runde Augen und eine schwarz glänzende Patina. Es ist die Maske der nördlichen Dan, die südlichen Dan bevorzugen Masken mit schmalen Augen, einem spitzen Kinn und einem vertikalen Stirnwulst. Beide Volksgruppen, sowohl die nördlichen als auch die südlichen Dan, bilden ihre Masken dem idealisierten menschlichen Gesicht nach. Ihre dunkle Oberfläche verdankt sie einem Schlammbad.

Ein Geschäftspartner meines Vaters schenkte mir die Maske zu meinem vierzehnten Geburtstag. Herr Mobuh, dessen Ururgroßvater der Volksgruppe der nördlichen Dan angehörte, hatte sie in sonnengelbes Geschenkpapier eingeschlagen, und der Farbkontrast zwischen ihr und dem gelben Papier beeindruckte mich nicht weniger als das glatte und fein anzufühlende Holz, aus dem sie geschnitzt war. Dann führte ich sie mir ans Gesicht, und sie schmiegte sich so perfekt an dessen Konturen, als sei sie eigens für mich gefertigt worden. Nicht auszuschließen, dass mein Vater sie bei Herrn Mobuh in Auftrag gegeben hat.

Seit meinem zwölften Lebensjahr leide ich unter Akne, Pickeln und Pusteln, die sich jeder Behandlung widersetzen. Nach zahlreichen erfolglosen Therapieversuchen meines Hautarztes schickte meine Mutter mich zu einer jungen Kosmetikerin mit makelloser Gesichtshaut, die, kaum älter als ich, mit mir wie einem Kleinkind sprach. „Du meldest dich, wenn es weh tut, gell", sagte sie und trug mir gar noch Grüße an meine Mutter auf. Zwar waren fünf Sitzungen im Voraus bezahlt, doch nahm ich die Dienste der jungen Frau kein weiteres Mal in Anspruch. Die Akne blühte, und bald fraßen sich mir pockenartige Narben ins Gesicht.

Erst trug ich die Maske nur in der Wohnung, und wäre sie hautfarben gewesen, wer weiß, vielleicht hätte meine Mutter nicht einmal bemerkt, dass ich sie aufhatte. Doch ihr Schwarz irritierte sie so, dass sie darauf bestand, ich müsse die Maske mindestens zu den Mahlzeiten absetzen. „Lass ihn doch", sagte mein Vater. „Er wird sie schon herunter nehmen, wenn es ihm zu mühsam wird, das Essen durch den Schlitz zu schieben." Er lachte. Doch es wurde mir nicht zu mühsam, im Gegenteil entwickelte ich eine, für die anderen erstaunliche Fertigkeit, das Essen so durch den Schlitz zu schieben, dass die Maske nicht verschmutzte.

Mit sechzehn verließ ich die Schule. Mein Vater übte sich in Gelassenheit, meine Mutter versuchte mich zur Umkehr zu bewegen. „Du könntest Ethnologie studieren, aber dafür brauchst du Abitur", versuchte sie mir den Schulabschluss wichtig zu reden. Sie legte die Stirn in Falten. „Du könntest auch Geschichtslehrer werden", war ihr letzter hilfloser Versuch. Ich schüttelte nur den Kopf. „Was soll bloß aus dir werden?", fragte sie mit weinerlicher Stimme.

Herr Mobuh wusste, was aus mir werden sollte. Bei seinem nächsten Besuch machte er einen Vorschlag, der vielleicht als Scherz gemeint war, auf meine Zukunft jedoch einen entscheidenden Einfluss haben sollte. „Du könntest ins Maskengeschäft einsteigen", sagte er und freute sich, als ich den Vorschlag ernsthaft aufnahm. Meine Mutter, die Herrn Mobuh ohnehin kaum begeistert empfangen hatte, blieb für den Rest des Abends in der Küche.

Nach diesem Abend verbrachte ich jeden Tag mehrere Stunden in der Universitätsbibliothek. Ich las alles, was ich über Masken finden konnte. Bücher, ethnologische Essays, medizinische Schriften, Zeitungsartikel. Ich liebte die ruhigen, hohen Hallen der Bibliothek, die im Sommer kühl und im Winter warm waren. Bald war ich in der Lage zu entscheiden, welche Maske es wert war, gekauft zu werden und welche eher billiger Kram war. Das Geld für den Ankauf verdiente ich mir als Nachtwächter.

Mit achtzehn war ich Eigentümer von zweiundzwanzig Masken, mietete eine Dreizimmerwohnung, hängte die Masken an die Wände und annoncierte in einschlägigen Zeitschriften. Jeden Nachmittag von vierzehn bis siebzehn Uhr stand meine Wohnung zahlenden Besuchern offen.

Herrn Mobuhs Maske nahm ich nur zum Schlafen ab. Die Besucher hielten sie für eine gelungene Animation, Nachbarn und Passanten gewöhnten sich an den Anblick, die Polizei interessierte sich nicht für mich, denn ich war harmlos, nur gelegentlich starrten mich Fremde oder Kinder an.

Nach einem Interview in einer Fachzeitschrift verdoppelte sich die Anzahl der Besucher, unter ihnen Ethnologen, Archäologen, Ärzte, Psychologen und Normalbürger. Von den Eintrittspreisen ließ sich leben, ich brauchte nicht viel. Meine Gesichtsmaske wurde zum Markenzeichen, und ein Fernsehsender berichtete zehn Minuten lang live aus meiner Wohnung über mich und die Sammlung.

Einige meiner Masken mögen dem einen oder anderen Besucher martialisch anmuten, gelegentlich hasten diese Besucher nach dem Anblick aus der Wohnung, ohne sich die Ausstellung weiter anzusehen. Meistens handelt es sich dabei um Frauen. Erst gestern legte eine junge Frau, beim Anblick einer teuflisch wirkenden Maske, die Hände vors Gesicht und weinte. „Immer diese Unbehaustheit", presste sie zwischen den Fingern hindurch. „Wund. Bis in die Knochen erfroren." Ich legte ihr die Hand auf den Arm, einen erschreckend dünnen Arm, zudem eiskalt.

Da zuckte sie zusammen, als hätte ich sie geschlagen. „Sie müssen keine Angst haben", sagte ich und lachte, obwohl mir alles andere als heiter zumute war. Ich hätte sie gerne wieder gesehen, aber sie wollte nicht einmal einen Tee annehmen, schüttelte nur immerzu ihren kleinen Kopf, auf den fast jede meiner Gesichtsmasken wunderbar gepasst hätte.

Gelegentlich treten Museumsdirektoren an mich heran und bitten leihweise um die eine oder andere Maske, auch gibt es Kaufangebote, auf die ich natürlich nicht eingehe, man verkauft ja auch keine kleinen Kinder.

Vor zwei Monaten überredete man mich, meine schönste afrikanische Maske über vier Wochen hinweg an ein Museum ganz in meiner Nähe zu verleihen. Ich weiß bis heute nicht, was mich veranlasste, sie auch nur einen einzigen Tag aus dem Haus zu geben, möglicherweise war es Eitelkeit, vielleicht Stolz, bestenfalls der Wunsch, andere an der Kostbarkeit teilhaben zu lassen.

Die schönste Maske Afrikas hat eine Höhe von drei Metern. Sie ist an ein Holzgerüst fixiert und verfügt über einen Mundkeil, der es dem Tänzer ermöglicht, die Maske, die nicht am Körper befestigt werden darf, während des Tanzes mit den Zähnen zu halten. Auf dem gebrannten, weiß lasierten Ton der Gesichtspartie finden sich rote und blaue, mit intensiven lichtbeständigen Farbpigmenten aufgetragene Dreiecke, Quadrate und Tropfen. Es gibt Aussparungen für Mund, Nase, Augen und Augenbrauen. Die Maske wird von extra für diesen Zweck ausgebildeten Kunsthandwerkern hergestellt, die sie selbst allerdings nicht tragen dürfen, weil das nur beschnittene Männer dürfen, und die Handwerker nicht beschnitten sind.

Diese Maske ist aber nicht nur die schönste Afrikas, sondern zugleich auch die größte der Welt. Sie entstammt der Kultur der Dogon, eines Volkes vom Westufer des Nigers. Neben der dem Museum versprochenen Maske besitze ich noch eine einfache Holzmaske der Dogon, welche eine schwarze Antilope darstellt, *Walu* in ihrer Sprache. Sie setzen sie bei der Antilopenjagd ein, um die Herde zu täuschen.

Als die Angestellten des Museums die Maske aus meiner Wohnung beförderten, wurde mir klar, was für einen unverzeihlichen Fehler ich begangen hatte. Ich folgte der Maske, bis sich die Ladeklappen des Transporters hinter ihr schlossen.

Die leere Stelle an der Wand im Flur schmerzte. Zunächst versuchte ich es mit einer Neuordnung der Masken. Doch keine der Masken war groß genug, die Leere ganz zu füllen. Meine Unruhe wuchs. Schließlich, es ließ sich nun einmal auf die Schnelle kein gleichwertiger Ersatz besorgen, rang ich mich dazu durch, eine beliebige, in jedem Kostümgeschäft erhältliche Maske zu kaufen, die allerdings, kaum dass sie an der Wand hing, wie eine einzige Beleidigung wirkte, so dass ich sie augenblicklich wieder entfernte.

Bis zum Abend hatte ich noch immer keine befriedigende Lösung gefunden und mied den Flur. Nicht einmal die Zähne putzte ich, denn um das Bad zu erreichen, hätte ich ihn queren müssen. Auch suchte ich das Schlafzimmer nicht auf, sondern richtete mich für die Nacht auf dem Sofa im Wohnzimmer ein.

Gegen sechs erwachte ich. Das Liegen auf dem Sofa war meinem Rücken ganz und gar nicht bekommen, und die Schmerzen zogen von der unteren Wirbelsäule bis in die Beine. Am liebsten hätte ich um acht im Museum angerufen und die Rückgabe meiner Maske erbeten, doch ich wollte mich nicht lächerlich machen.

Aber zwei Stunden später saß ich im Auto und fuhr hin. Um kein Aufsehen zu erregen, auch weil mir Sonderbehandlungen prinzipiell zuwider sind, verschwieg ich der Kassiererin meine Identität und kaufte eine Tageskarte. Und da war sie! Meine Maske, mitten im ersten Ausstellungsraum, groß und wunderschön, farbenprächtig. Fast hätte ich geweint.

Lange verweilte ich vor ihr, atmete tief ein und aus, wie unter einem Sauerstoffzelt. Fünf vor sechs forderte ein Angestellter mich höflich auf, das Museum zu verlassen. Einen irrsinnigen Augenblick lang überlegte ich, die Maske an mich zu reißen und zu fliehen. Allein ihre Größe hielt mich davon ab. Auf der Rückfahrt tröstete ich mich mit der Aussicht, sie in nur vierzehn Stunden wieder zu sehen.

Ich lief im Flur auf und ab, immer vorbei an dem weißen Fleck. Es musste doch möglich sein, vier Wochen, sprich achtundzwanzig Tage, was, abzüglich der sieben Stunden Schlaf jede Nacht, vierhundertsechsundsiebzig Stunden ergab, ohne die Maske zu leben. In der Nacht fertigte ich ein Schild an, dass meine Wohnung in den nächsten vier Wochen geschlossen bleiben würde.

Am nächsten Morgen war ich, trotz einer durchwachten Nacht, in erstaunlich heiterer Stimmung. In nur vierzig Minuten würde ich meine Maske wieder sehen. Ich trank eine Tasse Kaffee und erreichte das Museum eine Viertelstunde vor der offiziellen Öffnungszeit.

An der Kasse erkundigte ich mich nach einer Dauerkarte für die nächsten vier Wochen. Auf tägliche Besuche eines einzelnen Besuchers, und das über vier Wochen hinweg, schien das Museum allerdings nicht eingestellt zu sein. Der Kassierer wollte bei der Direktion erfragen, ob sich für mich ein Sonderpreis erwirken lasse, doch ich wehrte ab. Das Geld, das ich durch die Ausstellung erhielt, deckte den täglichen Eintrittspreis um ein Vielfaches.

Jeden Morgen fand ich mich um Viertel vor acht vor dem Museum ein. Außer meiner Maske sah ich kein einziges Exponat der Ausstellung. Ich vermochte nicht einmal zu sagen, ob in den anderen Räumen Masken, Möbel oder Werkzeuge ausgestellt waren. Die Türen des Museums öffneten sich, ich legte das abgezählte Geld auf den Zahlteller und erhielt die Eintrittskarte. Ich begab mich zu meiner Maske, die aufgrund ihrer Größe und Besonderheit einen separaten Raum erhalten hatte und blieb vor ihr stehen, bis mich einer der Angestellten aufforderte das Museum zu verlassen.

Jeder Raum wurde von einem Angestellten überwacht. Sie rotierten wöchentlich. Mit dem ersten Angestellten, einem schlanken, dunkelhäutigen Mann mit Glatze, verbrachte ich vier Tage, von Donnerstag bis Sonntag. Der Mann hatte ein derart zurückhaltendes Wesen, dass ich seine Gegenwart kaum bemerkte. Er nahm meine zwölfstündige Anwesenheit mit einer Selbstverständlichkeit, als habe er es ständig mit Besuchern meines Schlages zu tun. In der zweiten Woche, in der er bereits in einem anderen Raum die Aufsicht führte, besuchte er mich noch einmal. Aus einiger Entfernung und wie nebenbei sagte er: „Das ist auch meine Lieblingsmaske. Ein schönes Stück." Dazu lächelte er, wie nur besonders feine Menschen zu lächeln vermögen.

Der Mann, der in der zweiten Woche meine Maske bewachte, war nicht minder zuvorkommend. Am Nachmittag des ersten Tages stellte er unaufgefordert und wortlos einen Stuhl für mich vor meine Maske und winkte bescheiden ab, als ich ihm danken wollte. Kaum dass ich saß, spürte ich die Anstrengung, die mich das lange Stehen der letzten Tage gekostet hatte.

In den ersten Tagen hatte ich weder etwas gegessen noch getrunken, stillschweigend war ich davon ausgegangen, dass dies im Museum verboten sei. Nachdem der seit Montag anwesende Angestellte unter Mittag allerdings belegte Brote auspackte und verzehrte, ging auch ich dazu über, mir ein hart gekochtes Ei, zwei Scheiben Pumpernickel und eine Banane mitzubringen, die ich mittags, sobald der Mann in seiner Ecke die belegten Brote auspackte, ebenfalls verzehrte.

Die Besucher schienen mich als Teil der Ausstellung zu begreifen. Während sich ihre Zahl an den Wochentagen in einer überschaubaren Größenordnung hielt, stieg sie an den Wochenenden dermaßen an, dass ich mit meinem Stuhl in eine Ecke ausweichen musste, damit die Besucher nicht über mich stolperten. Dieser Positionswechsel hatte den Nachteil, dass ich mich zuweilen wieder hinstellen musste, um meine Maske im Auge behalten zu können.

Eines Tages, ich glaube es war am Dienstag der dritten Woche, trat eine Frau vor mich hin und starrte mich lange und unhöflich an. Nach kurzer Zeit drehte sie sich wortlos um und verließ schnellen Schrittes den Raum. Einen Augenblick später kehrte sie zurück und starrte mich erneut lange und unhöflich an. „Eduard?", fragte sie schließlich. „Eduard? Bist du das?" Ich fühlte mich genötigt, den Kopf zu schütteln. Zwar hieß ich Eduard, die Frau aber kannte ich nicht. „Ich hätte schwören können ..." Stocken. „Aber ... Nein!" Kopfschütteln. Sie hatte ein schmales Gesicht mit einem spitzen Kinn, kleine Augen und ihre Stirn wies den Ansatz zu einem vertikalen Wulst auf, wie er den südlichen Dan-Masken eigen ist. „Nein", wiederholte sie und verließ endgültig den Raum.

Abgesehen von diesem Zwischenfall verlief meine Zeit im Museum ereignislos. Ich ärgerte mich über die Kinder, die mit ihren Patschehändchen alles anfassen mussten, doch es kamen kaum Kinder, so dass sich der Ärger in Grenzen hielt.

Gegen Ende der Ausstellung hatte ich zehn Kilo abgenommen. Obwohl ich mich freute, meine Maske wieder in meiner Wohnung zu haben, war ich zugleich ein wenig traurig. Gerade hatte ich angefangen, mich an das Museum und seine Angestellten zu gewöhnen. Besonders lieb geworden war mir eine Frau, die in der vierten und letzten Woche die Aufsicht über meine Maske führte. Zu ihrem schwarzen Blazer mit dem Emblem des Museums, trug sie einen schwarzen Rock, der ihr knapp über die Knie reichte. Sie hatte sehr gerade Beine, wohlgeformte Waden und eine helle, fast durchscheinende Haut, zudem die Angewohnheit, immer leicht auf den Zehenspitzen zu wippen, wie ein Sprinter vor dem Start. Schon am ersten Tag hatte sie mich neugierig beobachtet und verschämt die Augen gesenkt, sobald ich in ihre Richtung blickte. Ein paar Mal schien sie kurz davor, mich anzusprechen.

Mitten in der ersten Nacht, da die Maske wieder an ihrem gewohnten Platz im Flur hing, schreckte ich hoch. Ich hatte geträumt, jemand sei in meine Wohnung gedrungen und habe die Maske gestohlen. Doch im Flur hing sie an ihrem Platz. Ich strich über die selbst im Dunkeln leuchtenden Dreiecke und Tropfen und legte mich erneut in mein Bett. Traumlos schlief ich bis zum Morgen.

In der zweiten Nacht träumte ich, dass ich meine schwarze Gesichtsmaske abgelegt und mein eigenes Gesicht sich in Form und Farbe der Maske angeglichen hätte. Berauscht von der Vorstellung hastete ich in das Badezimmer. Im Spiegel erblickte ich nur mein pockenartig vernarbtes Gesicht.

Der gute Mensch von Auribeau

Es waren keine philosophischen Überlegungen die Alexander davon abhielten, auch keine moralischen oder metaphysischen, sondern es waren die Augen seines Hundes, die Überlegung, wer den Hund nach seinem Tod versorgen sollte. Bevor das nicht geklärt war, und es sah nicht danach aus, als ließe sich das in absehbarer Zeit klären, konnte Alexander nicht gehen. Sollte er bei einem Unfall sterben, wäre das etwas anderes. Ein Unfall ließ sich nicht vermeiden, der Hund würde in ein Tierheim kommen, der Kreis schlösse sich, er wäre wieder dort, wo Alexander ihn vor sechs Jahren geholt hatte.

Schon vor langer Zeit war Alexander zu der Überzeugung gekommen, dass das Leben keinen Sinn macht. Bezogen auf den Makrokosmos hatte ein Menschenleben keine Bedeutung. In der Eiszeit hatte es nur wenige Menschen gegeben, und irgendwann würde eine für die Menschheit unwirtliche Zeit diese vollständig zum Verschwinden bringen. Alles, einschließlich der Gefühle, nichts als ein durch Moleküle vorgegebenes Schema, das der Natur entsprechend ablief. Jeder Mensch hatte bestimmte Anlagen und Gaben, er konnte sie nutzen oder vergeuden, mehr Freiheit besaß er nicht. Bei allem, was er tat, sollte er einzig darauf bedacht sein, den Zyklus der Natur nicht zu stören.

Alexander war nicht verbittert, auch hatte ihn der Tod seiner Frau vor drei Jahren nicht zum Misanthrop werden lassen. Er war traurig, das war alles, und ein wenig einsam, trotz des Hundes. Doch er verfügte über einen gesunden Realismus und einen naturwissenschaftlichen Verstand. Er akzeptierte die Dinge, wie sie waren. Menschen starben.

Seine Frau war der Motor seines Lebens gewesen, jetzt bestimmte der Hund den Alltag. Er war genügsam, morgens reichte es, wenn Alexander ihn in den Garten ließ. Wurde es einmal später als acht, wartete er geduldig. Konnte er die Notdurft nicht unterdrücken, pinkelte er in die Badewanne. Niemand hatte es ihm beigebracht, er war ein kluges Tier. Seinem Namen nach, Joy, waren die Vorbesitzer Engländer oder Amerikaner gewesen. Er hörte auf Englisch und Französisch, die Sprache, in der Melanie mit ihm geredet hatte. Wieder so ein dünner Faden der Erinnerung, der täglich dünner wurde und doch nicht weniger schmerzte.

Immer öfter war Alexander um die Mittagszeit noch im Schlafanzug. Den Hund störte das nicht, ihn selbst zunehmend weniger. Auf sein Müsli konnte er verzichten, Joy streute er ein paar Hundekuchen hin. Abends wurde der Hund genug verwöhnt. Seit Wochen stellte ihm Alexander sein erst zubereitetes und dann doch nicht angerührtes Essen auf den Boden. In dem Maß, in dem er abnahm, nahm der Hund zu.

Alexander hatte zwei Kinder. Genau genommen waren es Melanies Kinder, sie hatte sie mit in die Ehe gebracht. Der leibliche Vater war gestorben, als die Mädchen drei Jahre alt gewesen waren. Zwei Jahre später hatten Alexander und Melanie sich kennen gelernt. Die Mädchen waren Zwillinge, so verschieden wie Zwillinge nur sein konnten. Ann lebte in Südafrika, Vera in Deutschland, nahe der französischen Grenze.

Fünfundzwanzig Jahre Südafrika. Es war Melanies Idee gewesen, dorthin zu gehen, spontan und erfrischend wie alles an ihr. Einer Idee Melanies war es auch zu verdanken, dass sie fünfundzwanzig Jahre später nach Südfrankreich zogen. Sie wollte schreiben, er sollte malen. Alles, was sie dann schrieb, waren die Zahlen auf den Schecks, und er weißte Wände.

Er schenkte sich einen Cognac ein. Früher hatte er Maß gehalten, hatten sie beide Maß gehalten, nie mehr als einen Cognac nach dem Abendessen und vor dem Abendessen nicht mehr als drei Whiskey. Eine Gewohnheit aus Südafrika, die sie nach Südfrankreich gerettet hatten. Immer, wenn Melanie aus der Universität kam, hatten sie zur Feier des Tages einen Whiskey getrunken, bis zum Abendessen waren es meist drei geworden. Sie hatte als Dozentin für Germanistik gearbeitet. Noch bevor sie ihr Studium beendete, hatte ihr der Professor die Stelle angeboten, und sie hatte sich voller Enthusiasmus in die Arbeit gestürzt. Sie verstand es die Studenten für die Sprache zu begeistern, wie sie überhaupt Menschen begeistern konnte. Alexander lehrte Physik. Er mochte seine Arbeit, doch nie hatte er dieselbe Begeisterung dafür aufgebracht wie Melanie.

In der letzten Zeit hatte er oft darüber nachgedacht, wie man sich, rein theoretisch, am besten aus dem Leben verabschiedete. Doch auch rein theoretisch war er zu keinem befriedigenden Ergebnis gekommen. Am besten hatte ihm die Variante mit der über den Kopf gestülpten und zugebundenen Plastiktüte gefallen. Seit ihm die Tochter eines Freundes erklärt hatte, dass man dabei qualvoll ersticke, favorisierte er Aspirin. Fünfzig Stück, dann hatte man es hinter sich, vorausgesetzt man schaffte es, sie zu schlucken. Um sich die Methode nicht auch noch madig machen zu lassen, verschwieg er sie der Tochter des Freundes, die überdies mit keiner angenehmeren aufzuwarten hatte. Doch solange der Hund lebte, war an Freitod nicht zu denken. Zudem wuchs die Zahl streunender Katzen und Hunde, die zum Fressen kamen, täglich. Als den guten Menschen von Auribeau bezeichnete ihn der Freund, dessen Tochter ihn vor der Plastiktüte gewarnt hatte.

Nur gut, dass sie zum Zeitpunkt von Melanies Tod nicht mehr in dem alten Haus gewohnt hatten. Nur gut, dass er nach Melanies Schlaganfall auf einem Umzug bestanden hatte, da die steilen Treppen im alten Haus für sie nicht mehr zu bewältigen waren. Gut für ihn, denn ob es für sie gut gewesen war, wusste er nicht. Sie, die durch zahlreiche Länder der Welt vagabundiert war, hatte sich in dem neuen Haus nie zu Hause gefühlt, so jedenfalls empfand er es. Der Umzug schien wie eine Entwurzelung für sie, wie für die im alten Garten ausgegrabenen und wieder eingepflanzten südafrikanischen Blumen, die im neuen Garten nicht blühen wollten. Bis zu diesem Frühjahr. Ein Stich wie mit einem Messer, als er vor wenigen Tagen das zarte Violett ihrer Blüten entdeckte. Er flüchtete sich in die Relativität der Gefühle, versuchte sie im großen Zusammenhang zu sehen, dachte an die zahlreichen Mikroben, die neunzig Prozent des Lebens ausmachten und ihn und seine Gefühle lange überleben würden. Nachdem ihm diese Gedanken keine Erleichterung brachten, dachte er an die Plastiktüte und das Aspirin.

Zunächst kaufte er jedoch ein Huhn, kochte es und stellte es am Abend doch nur wieder für den Hund auf den Boden. Sein Pragmatismus war tief verwurzelt. So ließ sich das Leben am besten bewältigen.

Nach Melanies Tod war er einige Male in den Bridgeclub gegangen, hatte ihren Platz eingenommen. Doch die Nachmittage langweilten ihn, und das Essen im Club schmeckte fade.

Vera, die ihren Vater einmal im Jahr besuchte, hatte ihm beim letzten Besuch eine Staffelei geschenkt, die seither anklagend in einer Ecke des Wohnzimmers stand. Jeden Tag nahm er sich vor, ein paar Striche auf die Leinwand zu zeichnen, aber es gab so viel zu erledigen: Der Garten musste winterfest gemacht werden, auf dem Dach klapperten Ziegel und zur Leerung der Klärgrube bedurfte es eines Fachmanns, den man nicht unbeaufsichtigt lassen konnte. Die Liste der Arbeiten ließ sich beliebig fortsetzen, an Malen war also nicht zu denken. Zudem reichte seine Energie gerade für den täglichen Spaziergang mit dem Hund, einer Strecke von vier Kilometern, die er vor wenigen Monaten noch in fünfzig Minuten bewältigt hatte und für die er mittlerweile über eine Stunde benötigte. Seit ein paar Wochen lief er die Strecke sogar nur noch drei Mal die Woche. Schuld daran war ein Hühnerauge, das sich bei ihm ungewöhnlicherweise unter der Fußsohle gebildet hatte und jeden Schritt zur Tortur werden ließ. Es war kaum zu glauben, dass ein harmloses Hühnerauge eine solche Behinderung darstellte. Es schränkte ihn mehr ein, als das Aneurysma in seinem Bauch, das vor einem halben Jahr entdeckt worden war. „So ein ausgeleiertes Gefäß ist eine tickende Zeitbombe", sagte der Arzt. „Dieses Ding in Ihrem Bauch kann jederzeit platzen!" Der Arzt hatte ihm zu einer Operation geraten, doch gegen ein platzendes Aneurysma waren selbst die Augen des Hundes machtlos, auch würde es dem Zyklus der Natur nicht widersprechen.

Alexander schenkte sich einen weiteren Cognac ein und rauchte eine Zigarette. Vielleicht würde das Aneurysma ja in dieser Nacht platzen, schließlich gab es genug gute Menschen in Auribeau.

Morgen

Vor zwei Wochen wurde Janne gefragt, ob sie eine Frau oder ein Mann sei. Der Fragende hatte sie ernst angeblickt, kein Hinweis, dass es sich um einen Scherz handelte. Janne war so überrascht gewesen, dass sie automatisch „Ja" gesagt hatte, einfach nur „Ja". Daraufhin hatte der Mann sich höflich bedankt und die Bar verlassen.

Am nächsten Tag fragte Janne eine Kollegin, ob man sie für einen Mann halten könne. Die Kollegin zögerte, dann lachte sie. Laut. Eine Antwort gab sie nicht.

Aus Sorge, dem Mann ein zweites Mal zu begegnen, stellte Janne ihre täglichen Besuche in der Bar eine Woche lang ein, obwohl sie den Mann nie zuvor in der Bar gesehen hatte.

Am achten Tag nach dem Ereignis nahm sie die Besuche wieder auf. Um 18:05 betrat sie die Bar. Pierre begrüßte sie lächelnd, und Janne ärgerte sich, eine Woche lang auf dieses vertraute und wohlige Gefühl, das Pierres Lächeln in ihr auslöste, verzichtet zu haben, nur wegen eines Mannes, der nicht zwischen männlich und weiblich unterscheiden konnte.

Die Bar war eine südländische Oase mitten in der Stadt, der Inhaber war Franzose, die Kellner Franzosen und Italiener, Pierre besaß sowohl die französische als auch die italienische Staatsbürgerschaft und verfügte über einen Charme frei von Affektiertheit.

Janne suchte die Bar jeden Abend zwischen 18:00 und 19:00 auf. Sie saß immer an demselben Tisch und trank einen Milchkaffee. Die meisten Gäste kamen regelmäßig, Pierre kannte sie und brachte unaufgefordert die Getränke. Wünschte jemand ein anderes Getränk als normalerweise, musste er bis zur zweiten Runde warten, alles andere wäre einer Beleidigung Pierres gleichgekommen.

Kein Alkohol lautete die Abmachung mit dem Psychiater, nicht solange Janne die Tabletten nahm. Sie war einverstanden gewesen. Doch an diesem Abend bestellte sie nach dem Milchkaffee einen Blanc de Blanc. Sie würde die Tabletten ohnehin bald absetzen, ob der Psychiater damit einverstanden war oder nicht, schließlich war es nicht sein Körper, der sich zunehmend in einen Schwamm verwandelte.

Janne nahm ihr Notizbuch aus der Handtasche. Üblicherweise schrieb sie täglich, seit einer Woche jedoch hatte sie kein Wort notiert. Zu Hause konnte sie nicht schreiben. Zu Hause konnte sie weder schreiben noch lesen, nicht einmal schlafen konnte sie zu Hause. Sie schlug das Buch auf und las die letzte Eintragung.

Aber das war ja völlig ausgeschlossen! Ganz und gar ausgeschlossen war das! Hastig blätterte sie zurück. Fünf Seiten! Ganze fünf Seiten hatte ein Fremder in ihrem Notizbuch mit seiner Schrift voll geschmiert! Diese Zeilen stammten nicht von ihr, eindeutig nicht. Das war nicht ihre Schrift. Die Schrift der letzten fünf Seiten hatte große Unterlängen, die Buchstaben waren steil und aufrecht, Janne dagegen bevorzugte kleine, gebundene Buchstaben, rund und weich. Außerdem verwendete sie für ihre Eintragungen immer einen Kugelschreiber, während die Notizen auf den letzten fünf Seiten mit Bleistift geschrieben worden waren. So schreiben nur extrovertierte Menschen, dachte Janne wütend. Nur dumme und laute Menschen schreiben so. Menschen, die keinen Respekt vor dem Eigentum anderer haben, nur die schreiben so.

Warum nicht abwendbar? Wohin? Ich schwinde. Stummes Schreien waren die ersten Worte, wobei der Fremde beim Schreiben kleine punktförmige Löcher in die Seiten gestanzt hatte.

Wie aufstehen? Morgen. Oder wie man das nennen soll. Spüre deine Füße. Dabei war *spüre* ähnlich fest auf das Blatt gedrückt worden wie *Stummes Schreien*.

Gelbe Fliesen hatte der Unbekannte als nächstes vermerkt. Janne blickte zu Boden. Der Fußboden der Bar war gelb gefliest. So ein Unsinn, dachte sie erbost. Das alles ist doch ein einziger ausgemachter Blödsinn. Gelbe Fliesen. Das hat nichts zu bedeuten. Gar nichts hat das zu bedeuten. Gelbe Fliesen gibt es schließlich überall, dachte sie.

Halte dich an das schwarze Geländer mit den Schneckenornamenten. In der Bar befand sich ein schwarzes Geländer, es säumte die Stufen zu den Toiletten. Janne war versucht nachzusehen, ob es Schneckenornamente aufwies. Stattdessen las sie den nächsten Satz. *Halte dich an die rote Schürze Pierres.* Jemand will mich in den Wahnsinn treiben, dachte sie. Eindeutig! In dieser Bar ist jemand, der mich in den Wahnsinn treiben will. Vielleicht war der Mann, der sie letzte Woche nach ihrem Geschlecht gefragt hatte, Teil dieses perfiden Plans.

Betont gleichmütig blickte Janne sich um. Vielleicht war die große blonde Frau, die lässig an der Theke lehnte und sich schon mehrfach nach ihr umgedreht hatte, die große Unbekannte. Janne hatte zwar keine Ahnung, wie diese in den Besitz ihres Notizheftes gekommen war, aber die Schrift passte zu ihr, zu dieser Frau, die laut und exaltiert dumme Worte von sich gab. Sie muss es sein, dachte Janne. Diese Frau ist die Verfasserin der letzten fünf Seiten meines Notizbuches. Sie ist diejenige, die mich in den Wahnsinn treiben will. Tief in ihrem Bauch baute sich eine unbändige Wut gegen diese Frau auf. Aber so einfach werde ich mich nicht treiben lassen, dachte Janne trotzig, nicht aus dieser Bar und in den Wahnsinn schon gar nicht.

Das folgende Wort war schwer zu entziffern. *Allmächtig.* Es musste allmächtig heißen. Die Frau schien sich ihrer Sache sicher zu sein. Janne hatte große Lust, zu ihr zu gehen und ihr vor allen Leuten eine Ohrfeige zu verpassen. Stattdessen riss sie die Seiten aus ihrem Notizbuch. Doch als sie die Blätter zerknüllen wollte, fiel ihr Blick auf folgende Sätze. *Du wirst den Wecker nicht hören. Aber du bist nicht verantwortlich. Ganz anders als das Ich, das du sein wirst, wenn du wieder da bist.* Auch Janne hatte des Öfteren schon gedacht, den Wecker nicht zu hören, den nächsten Tag nicht zu schaffen. Aber Sie hatte das gedacht. Sie und niemand sonst.

„Willst du noch etwas?", fragte Pierre und blickte auf den vollen Aschenbecher auf ihrem Tisch. „Seit wann rauchst du?", fragte er. Janne betrachtete verwirrt den Aschenbecher. Sie rauchte nicht, hatte noch nie geraucht. Die Frau an der Theke, die rauchte, und zwar eine nach der anderen, auch jetzt hielt sie eine Zigarette zwischen den Fingern, aufreizend. Aufreizend und dumm hielt sie ihre Zigarette zwischen ihren lächerlich gespreizten Fingern.

Janne nahm die herausgerissenen Seiten zur Hand. Sie musste sie ganz genau lesen, musste wissen, was die Frau im Schilde führte.

Spüre den Boden. Spüre den linken Fuß auf dem Boden. Janne hatte das rechte Bein übergeschlagen, ihr linker Fuß stand auf dem Boden. Ohne den Blick zu heben wusste sie, dass die Frau sie beobachtete. Langsam schlug sie das linke Bein über das rechte, so dass nun der rechte Fuß auf dem Boden zu stehen kam. Sie würde sich nicht tyrannisieren lassen, nicht von so einer, blond und unverschämt, dazu Kettenraucherin.

Sie nahm das von den abscheulichen Seiten gesäuberte Notizbuch und fing selbst an zu schreiben. *morgen kein aufstehen überhaupt kein morgen was ist das überhaupt ein morgen*

Sie hielt inne und las das Geschriebene. Es ergab keinen Sinn. Sätze ohne Einteilung sind keine Sätze, dachte sie und musste unwillkürlich an die unzähligen Male denken, als sie genau das ihren Schülern erklärt hatte. Aber ihr wollte nicht einfallen, welche der Worte klein und welche groß geschrieben werden, auch die Regeln der Zeichensetzung schienen wie ausgelöscht in ihrem Gehirn.

ein morgen bedeutet nichts weiter als schüler die sich beschweren dass man mit rot in ihre hefte schreibt die sich beschweren dass man groß und klein zu schreiben und satzzeichen zu setzen hat nichts weiter ist ein morgen schrieb sie und hielt erneut inne. So hat es keinen Sinn, dachte sie, auf diese Weise kann man keinen Text verfassen. Ein Text, den nicht einmal sein Autor versteht, ist kein Text. Nichts als aneinander gereihte Worte, sinnlose Worte.

Sie nahm ein weiteres Mal die mit der fremden Schrift gefüllten Seiten zur Hand. Auch auf ihnen fehlte zuweilen die Interpunktion. Desgleichen war in den Passagen, in denen die Zeichensetzung fehlte, auf die Groß- und Kleinschreibung verzichtet worden, ganz wie in Jannes soeben verfasstem Text.

morgen immer dieses morgen wo du doch heute schon nicht aufstehen kannst wo du doch heute schon keinen fuß vor den anderen setzen kannst ohne umzufallen und die tür nicht triffst sobald du das lokal verlässt Janne musste zugeben, dass der Text von ihr hätte sein können. Aber er war nicht von ihr! Sie schrieb nie mit Bleistift. Nie! Dann diese Unterlängen. Jannes Schrift hatte nie große Unterlängen aufgewiesen, nicht einmal in der Grundschule. Ihre Buchstaben waren schon immer bauchig gewesen, rund und wohlgeformt und nicht steil und abweisend wie die Buchstaben auf den herausgerissenen Seiten. Ausgeschlossen, dass sie diese Zeilen verfasst hatte. Nie würde sie so schreiben, in hundert Jahren nicht.

Es hat keinen Sinn notierte sie in ihrer schönsten Schrift, wobei ihr die Regeln der Groß- und Kleinschreibung plötzlich wieder geläufig waren, ohne dass sie hätte sagen können, wie es dazu kam. Auch was mit *Es* gemeint war, hätte sie nicht sagen können.

Auf Satzzeichen kann man nicht verzichten schrieb sie rasch und entschieden. Wie um die Bedeutsamkeit des Satzes hervorzuheben, notierte sie ihn ein zweites Mal.

Zufrieden über die Festigkeit ihrer Schrift und Gedanken schlug sie das Notizbuch zu. Noch immer lagen die herausgerissenen Seiten vor ihr auf dem Tisch.

Ganze zehn Schritte, mehr verlange ich nicht von meinen Füßen. Zehn Schritte, mehr sind es nicht. Das ist weiß Gott nicht zu viel verlangt. Meine Füße müssen mich tragen, sie haben es noch immer getan.

Janne blickte auf, maß im Geist den Abstand von ihrem Tisch zur Tür, versuchte die Anzahl der Schritte zu schätzen, die erforderlich waren, um die Tür zu erreichen. Zehn Schritte. Es mochten ziemlich genau zehn Schritte sein.

Vier Gläser Wein, dachte sie plötzlich erschrocken. Jetzt habe ich tatsächlich vier Gläser Wein getrunken. Mein Psychiater wird mir eine Predigt halten. Und im nächsten Augenblick entschied sie, dass er schließlich nichts davon erfahren müsse.

Sie hob den rechten Fuß an. Er ließ sich problemlos anheben. Sie stellte den Fuß auf den Boden und prüfte seinen Stand. Fest und sicher. Der Stand ihres rechten Fußes war fest und sicher. Es war natürlich nicht auszuschließen, dass sich die Standsicherheit des Fußes veränderte, sobald er ihr gesamtes Körpergewicht zu tragen bekäme. Da Janne jedoch nicht aufstehen wollte, musste sie sich mit dieser etwas zweifelhaften Tragfähigkeit ihres rechten Fußes begnügen. Sie testete den linken Fuß, auch dieser stand fest und sicher auf den gelben Fliesen. Ihre Füße fühlten sich ganz normal an, so wie Füße sich anfühlen sollten, oder so wie Janne glaubte, dass Füße sich anzufühlen hätten, denn bisher hatte sie ihnen keine besondere Aufmerksamkeit geschenkt. Sie hatten immer funktioniert, das war alles, was sie bis zum heutigen Tag über ihre Füße sagen konnte, hätte sie jemand danach gefragt.

Die blonde Frau stand noch immer an der Theke und rauchte. Geh nach Hause, befahl Janne sich, sonst hörst du morgen den Wecker nicht. Fremde Worte, dachte sie sogleich ärgerlich. Diese Worte sind ab heute nicht mehr meine, ich werde mich hüten müssen, sie zu denken.

Die blonde Frau wurde von ihrem Begleiter auf den knallroten Mund geküsst. „Im Leben einer jeden Frau steht irgendwann die Entscheidung an, ob sie den Rest ihres Lebens eine schlanke Figur und ein mageres Gesicht haben will oder ein attraktives Gesicht und einen fetten Hintern", stellte sie laut fest und lachte schrill. Ihr Begleiter knallte ihr einen Kuss auf die Wange „Also bei dir, meine Liebe, da stimmt sowohl das Gesicht als auch der Arsch."

Mitten in der Nacht erwachte Janne. Sie hatte keine Vorstellung, wie sie nach Hause gekommen war. Das Letzte, was sie erinnerte, war der knallende Kuss auf der Wange der Blonden. Sie verspürte einen leichten Harndrang. Als sie allerdings das linke Bein aus dem Bett schwingen wollte, prallte sie gegen die Wand. Jemand musste das

Bett verstellt haben. Das war bereits das zweite Mal in diesem Monat! Die Nachbarn. Das mussten die Nachbarn gewesen sein. Sicher hatten sie Herrn Schröder vorgeschickt. „Sie sind schließlich der Hausmeister. Jetzt machen Sie mal." Und Herr Schröder war, aus lauter Sorge, seine Stelle zu verlieren, in Jannes Wohnung geschlichen und hatte das Bett an die gegenüberliegende Wand des Schlafzimmers gerückt.

Bestimmt hatten die Nachbarn sich über Jannes nächtliches Duschen geärgert. Aber sie hatte duschen und die Tiere abspülen müssen, die ihre Haut befallen hatten. Es war unmöglich gewesen, das bis zum Morgen auszuhalten. Am Tag hatte sie das Bett frisch überzogen und gehofft, in der nächsten Nacht Ruhe zu finden. Vergeblich. Wieder waren die Tiere über ihre Arme und Beine gekrabbelt. Ganz blutig hatte Janne sich gekratzt, dann hatte sie erneut geduscht. Die Tiere waren so klein, dass man sie nur unter dem Elektronenmikroskop hätte erkennen können. Kaltes Wasser war das Einzige, was gegen diese kleinen Biester half. Nicht Jannes Schuld. Schließlich hatte nicht sie die Tiere in ihr Bett gebeten.

Sie entschied, das Bett vorerst an seinem Platz zu belassen und es erst am nächsten Tag an den gewohnten Platz zu rücken. Sie setzte sich auf die Toilette. Die Nachbarn hassen mich, dachte sie. Schließen ihre Türen, sobald ich das Treppenhaus betrete. Sie hassen mich. Keiner von ihnen hat sich je für das Glas Kirschmarmelade, das ich ihnen vor ihre Türen gestellt habe, bedankt. Sie drückte die Spülung und legte sich wieder ins Bett.

Am Morgen stand das Bett merkwürdigerweise wieder an seinem Platz. Doch Janne hatte keine Zeit, sich Gedanken darüber zu machen. Ihr Wecker hatte nicht geklingelt, die erste Unterrichtsstunde hatte sie bereits versäumt.

Rasch zog sie sich eine Jeans und ein T-Shirt über und nahm ihre Schultasche, die sie am Tag zuvor nicht einmal ausgepackt hatte. Sie würde improvisieren müssen, und das nicht zum ersten Mal.

Obwohl sie den ganzen Weg zur Schule rannte, verpasste sie auch die zweite Unterrichtsstunde. Zur dritten Stunde endlich, Biologie in einer achten Klasse, betrat sie ihr Klassenzimmer, grüßte kurz die Schüler und begann augenblicklich über die menschliche Zelle zu referieren.

Die Schüler aber interessierten sich nicht für die menschliche Zelle, wie sie sich für überhaupt nichts interessierten. Eine Schülerin, Monika, spazierte in aller Seelenruhe durch das Klassenzimmer und entsorgte einen leeren Trinkschokoladenbehälter im Papierkorb. Janne hatte ihr das mehrfach verboten. „Leere Trinkschokoladenbehälter lassen sich auch in der Pause in den Mülleimer werfen", hatte sie der Schülerin erklärt. An diesem Morgen jedoch verzichtete Janne darauf. Selbst das Wippen auf den Stuhlbeinen ignorierte sie, sollten die Schüler sich die Köpfe einschlagen, das war ihr gleich an diesem Morgen.

Sie war froh, als es zur Pause klingelte. Sie fühlte sich merkwürdig erschöpft. Im Lehrerzimmer setzte sie sich an ihren Platz und legte einen Stapel Klassenarbeiten vor sich hin. Saß man ohne Arbeit einfach nur auf seinem Platz, wurde man ständig angesprochen.

Eine Kollegin zog, als sie sich einen Augenblick unbeobachtet wähnte, ein Lineal aus der Tasche und ordnete ihre Unterlagen in einem rechten Winkel an. Janne blickte in eine andere Richtung, wie alle in eine andere Richtung sahen, sobald sie die Kollegin bei dieser Handlung, die sie mehrfach am Tag ausführte, beobachteten.

Der Direktor betrat das Zimmer. Janne wusste augenblicklich, dass etwas nicht in Ordnung war. Die Art, wie er sich an seinen Hosennähten festhielt, feuchte Flecken um die Hände, wie er die Hände vom Zittern abzuhalten versuchte, war eindeutig. „Ich habe anlässlich meines Geburtstages etwas Kaffee und Kuchen besorgt", sagte er. „Ich bitte Sie zuzugreifen." Doch die lässig gesprochenen Worte vermochten Janne nicht zu täuschen. Sie konnte bevorstehendes Unglück riechen. Im Alter von fünf Jahren hatte sie diese Fähigkeit zum ersten Mal bei sich entdeckt. In der Luft hatte ein süßlicher, fauliger Geruch gelegen. Janne hatte nicht gewusst, was geschehen war, sie hatte nur diesen süßen Geruch nach Fäulnis in der Nase gehabt. Über eine Stunde lang hatte sie den widerwärtigen Gestank in der Nase, bis es an der Wohnungstür klingelte. Jannes Großmutter hatte geöffnet. Vor der Tür standen zwei Polizisten. Der Ältere der beiden hatte das Reden übernommen. „Besser Sie schicken die Kleine in ihr Zimmer", hatte er gesagt, doch die Großmutter hatte entschieden den Kopf geschüttelt und Janne fest um die Schultern gefasst. „Wie Sie meinen", hatte der Beamte gesagt. „Es tut uns leid, Ihnen mitteilen zu müssen, dass sich das Auto Ihres Sohnes und Ihrer Schwiegertochter auf der Autobahn überschlagen hat." Die Großmutter hatte sich nicht geregt, nur Janne spürte, wie der Griff um ihre Schultern fester wurde. „Wir können leider nicht sagen, wie es zu dem Unfall kam." Der Beamte hatte sich geräuspert. „Sie müssen beide sofort ..." Er hatte Janne angeblickt. „Sie müssen beide sofort tot gewesen sein", sagte er. „Mein Beileid." Die Großmutter hatte die Hand, die ihr der Polizist entgegenstreckte, ignoriert. Der Mann hatte sich erneut geräuspert. „Wir müssten Sie bitten, natürlich nicht sofort, aber doch in den nächsten Tagen ... in den nächsten Tagen müssten wir Sie also bitten, Ihren Sohn und Ihre Schwiegertochter ..." „Sagen Sie Bescheid, wenn es so weit ist", hatte die Großmutter geantwortet und die Tür geschlossen.

Es hatte einen Augenblick gedauert, bis die Schritte der Polizisten auf den Treppenstufen zu hören waren. Die

Großmutter hatte nach einem Stuhl getastet und sich schwer auf den Sitz fallen lassen. Ihre Augenlider hatten geflattert. Janne hatte sich zu ihren Füßen auf den Boden gekauert, die Großmutter hatte ihr über die Haare gestrichen.

Janne folgte dem Direktor vor sein Büro. Eine Weile stand sie unschlüssig vor der Tür, hinter der er verschwunden war, dann legte sie das Ohr an die Tür. Im Direktionszimmer war es still. Janne hätte gerne länger gelauscht, aber Schüler kamen den Flur entlang.

Als der erste Schuss fiel, befand Janne sich in ihrem Klassenzimmer. Nach dem Schuss trat eine unheimliche Stille ein, in der Janne den Schülern bedeutete, sich unter ihre Tische zu setzen und sich ruhig zu verhalten. Sie selbst flüchtete unter das Pult. Zwanzig Schüler, die zusammengekauert unter ihren Tischen saßen, Janne unter dem Pult.

Neunzehn Schüsse fielen. Die Klasse 1a, die im Nebenzimmer unterrichtet wurde, bestand aus neunzehn Schülern. Keiner, der dem Unglück entging, einzig die Lehrerin konnte noch leben, sofern keiner der Schüler zu Hause geblieben war.

Die Schüler ihrer Klasse wurden unruhig. Janne verließ ihren Platz unter dem Pult und machte beschwichtigende Gesten, um die Jungen und Mädchen zur Ruhe anzuhalten. „Ich sehe nach", hauchte sie in die Klasse, so leise, dass die Schüler es allenfalls von ihren Lippen ablesen konnten.

Behutsam und wie in Zeitlupe öffnete sie die Tür des Klassenzimmers und trat in den Flur. Kein Mensch war zu sehen. Ich sollte Hilfe holen, dachte sie. Doch dann entschied sie, selbst nachzusehen. Sollte die Lehrerin noch leben, zählte jede Minute.

Vorsichtig drückte sie die Klinke des Nebenzimmers herunter und öffnete die Tür einen Spalt breit. Sie wartete einen Augenblick, und als nichts geschah, streckte sie den Kopf zur Tür herein, gerade so weit, dass sie die erste Sitzreihe einblicken konnte. Sechs Schülerköpfe, vier Mädchen, zwei Jungen, fünf zur Tafel gerichtete Augenpaare, das Augenpaar eines Mädchens ruhte neugierig auf Janne. Diese reckte den Kopf ein wenig weiter in das Zimmer, mehrere Schüler entdeckten sie, es entstand eine gewisse Unruhe. „Ruhe!", sagte die Lehrerin, die gerade etwas an die Tafel schrieb. „Ihr sollt schreiben." Die Schüler schrieben nicht. „Da ist eine in der Tür", sagte schließlich ein rothaariger Junge in der zweiten Reihe und zeigte mit dem Finger auf Janne. Die Lehrerin blickte in Jannes Richtung. „Oh, hallo!", sagte sie und wischte sich die Kreide von den Händen. „Was gibt's?" Janne stand wie eingefroren. Mit raschen Schritten bewegte sich die Lehrerin auf sie zu und schob sie sanft in den Flur. „Und ihr benehmt euch gefälligst", rief sie über die Schulter in das Klassenzimmer und schloss die Tür.

„Ist Ihnen nicht gut?", fragte sie. „Kann ich Ihnen irgendwie helfen?" „Geschossen", stammelte Janne. „Neunzehn Mal/die Schüler/alle/sitzen." Die Frau blickte sie besorgt an. „Geschossen?", fragte sie. „Gerochen/so komisch", stotterte Janne. „Ich kenne das/Sie können das ja nicht wissen/aber ich kenne das/glauben Sie mir/Sie müssen mir glauben/unbedingt/das Leben der Schüler hängt davon ab, dass Sie mir glauben." Die Kollegin zögerte. „Soll ich Sie nach Hause bringen?", fragte sie schließlich. „Oder zu einem Arzt?" Sie glaubt mir nicht, dachte Janne, und eine lähmende Müdigkeit überkam sie. Die Schüler werden sterben, und es gibt nichts, was ich dagegen unternehmen kann, absolut nichts.

Janne ging den Flur entlang. Sie fühlte sich, als liefe sie in Watte. Sie verließ das Schulgebäude. Ich kann es nicht verhindern, dachte sie, kann es nicht verhindern.

In ihrer Wohnung ließ Janne die Rollläden herunter. Kein Licht, nicht der kleinste Spalt. Ich irre mich, sagte sie sich und zog den Stecker des Telefons. Sie legte sich in ihr Bett, das sich nach wie vor an seinem Platz befand, steckte Lärmstöpsel in die Ohren und schlief augenblicklich ein.

Als sie die Augen öffnete, zeigte ihr Wecker 19:35 an. Sie erinnerte sich nicht an den Vorfall in der Schule, einzig ein saurer Geschmack war geblieben. Sie stand auf und putzte ihre Zähne. Um 20:00 war sie mit S. in ihrer Bar verabredet. S. hatte sie auf der Straße angesprochen. Ob Janne einen Kaffee mit ihm trinken würde, hatte er sie gefragt. Er hatte Janne gefallen, weich, ein wenig linkisch, dazu die überraschend tiefe Stimme. Sie hatte zugesagt, und sie hatten sich für den folgenden Tag für 20:00 in der Bar verabredet.

Janne betrat die Bar um 19:55 und setzte sich an ihren Stammtisch. Pierre brachte ihr einen Milchkaffee und ein Mineralwasser.

Um 20:30 klingelte ihr Handy. Ein Freund von ihm habe einen Herzinfarkt erlitten und liege im Krankenhaus. Janne verstand, natürlich verstand sie, wie sie ebenfalls einsah, dass sie nicht zu S. ins Krankenhaus kommen sollte, weil der Freund Sinti war. „Stolze Männer", sagte S.. „Nie würde ein Mann zulassen, dass eine Frau ihn in einer derart beschämenden Situation sieht."

Janne bestellte einen weiteren Milchkaffee. An der Wand lief eine Kakerlake und verschwand hinter einem Druck von Chagall. Janne fixierte den Druck. Wenige Augenblicke später zeigte sich die Kakerlake am linken Bildrand, lief eine kurze Strecke parallel zum Rahmen, passierte den weißen Schleier der Braut und den Kerzenständer des Diabolus. Sie war daumennagelgroß und hatte einen zweigeteilten Panzer. Während Janne noch überlegte, Pierre zu Hilfe zu rufen, war dieser bereits an den Tisch getreten. Er folgte Jannes Blick und lachte. „In Italien sind die größer", sagte er und schnalzte mit der Zunge. „Kein Vergleich." Er schickte sich an, dem Winken eines Gastes nachzukommen. Janne griff nach seinem Arm. „Nicht gehen", flüsterte sie „Bitte nicht." Sie blickte kurz zu ihm auf, und als sie den Blick wieder auf die Kakerlake richten wollte, war diese verschwunden. Janne starrte auf die Stelle, wo die Kakerlake kurz zuvor gesessen hatte. „Die ist längst weg", sagte Pierre. „Außerdem ist es bestimmt nicht die einzige. Wo nasses Kaffeepulver ist, sind auch Kakerlaken." „Man darf sie nicht zertreten", mischte sich ein Gast in die Unterhaltung ein. „Wenn man sie zertritt, fallen Larven aus ihrem Bauch und es entstehen zwanzig neue." Er nickte wichtigtuerisch und bezweifelte, ob es sich überhaupt um eine Kakerlake gehandelt habe.

In der Nacht träumte Janne von Kakerlaken, von lebendigen und zertretenen und von jungen, aus dem zertretenen Mutterleib kriechenden Kakerlaken. Sie stand auf und schenkte sich ein Glas Wasser ein, wobei sie das Glas so fest umklammerte, dass es zerbrach und die Scherben ihr in den Handteller schnitten.

„Androgyne Persönlichkeiten vereinen sowohl weibliche als auch männliche Eigenschaften", erklärte Janne am nächsten Morgen den Schülern der Klasse 8b. „Ein Verhaltensforscher hat einmal versucht, seine beiden Kinder geschlechtsneutral zu erziehen. Als er jedoch seiner Tochter zum vierten Geburtstag einen Hammer schenkte und diese den Hammer ins Bett legte und zudeckte, beendete er das Experiment." Die Schüler zeigten wenig Interesse für das Experiment. „Arm dran", sagte ein Schüler. „Andromeda", rief ein Mädchen und einige Schüler deuteten mit den Fingern auf Mitschüler und schrien: „Androgyn!" Zu jung, entschied Janne. Diese Jungen und Mädchen sind einfach zu jung, als dass man sich mit ihnen über ein solches Thema auseinandersetzen könnte. Wortlos packte sie ihre Unterlagen zusammen und verließ das Klassenzimmer lange bevor es klingelte.

Am Abend erhielt sie eine Nachricht von S.. Sein Freund müsse nach Amerika transportiert werden. Die Operation koste viel Geld, schrieb er, und dass alle Sinti sich einfänden, um Geld auf den Tisch zu legen, und dass er nicht zurückstehen wolle und vorhabe, den Ring seines Großvaters zu versetzen. Janne schickte ihm tausend Euro. „Hätte ich die Wahl", schrieb S.. „Ich wäre Sinti."

Am nächsten Morgen stand ein Topf vor ihrer Wohnungstür. *Warte nur bis sie aufgeht!* stand auf einer Karte, die an dem Topf lehnte. In dem Topf nichts als Erde.

Janne stellte den Topf auf die Fensterbank. Weil sie sich aber nicht sicher war, ob die Pflanze direkte Sonneneinstrahlung vertrug, nahm sie den Topf wieder herunter. „Zu dunkel darf sie sicher auch nicht stehen", sagte sie laut und überlegte, die Pflanze in eine Gärtnerei zu bringen, um sich nach ihrem Licht- und Wasserbedarf zu erkundigen. Da allerdings noch keine Pflanze zu sehen war, verwarf sie den Gedanken und entschied sich für den Küchentisch. Sie betastete die Erde und entschied, die Pflanze in genau dem Feuchtigkeitszustand zu halten, in dem sie sich befand. Neugierig steckte sie einen Finger in die Erde, konnte aber nichts fühlen. Sie wusch die Erde vom Finger, dabei fiel ihr Blick auf die Küchenuhr. 8:15. sie hatte erneut die erste Schulstunde versäumt. Sie hastete in ihr Schlafzimmer, der Wecker auf dem Nachttisch zeigte dieselbe Uhrzeit. Sie klemmte sich ihre Schultasche unter den Arm und rannte los.

Schulhof und Flure waren leer, die Klassenzimmer verschlossen. Dienstag. Heute ist Dienstag, überlegte sie. Unmöglich, dass niemand in der Schule anzutreffen war. Plötzlich wurde sie ganz steif. Das Unglück. Sicher hatte man die Schule evakuiert. Sie eilte die leeren Flure entlang. Beim Verlassen des Gebäudes fiel ihr Blick auf die große, über dem Eingang hängende Schuluhr. 5:45. Die Uhr musste stehen geblieben sein, womöglich war sie von einer Kugel getroffen worden. Sie trat näher an die Uhr heran. Das Uhrglas wirkte intakt, die Zeiger bewegten sich gleichmäßig.

Janne trat auf die Straße. „Etwas läuft verkehrt", murmelte sie und ging langsam nach Hause. Die Küchenuhr zeigte 6:10, ebenso der Wecker im Schlafzimmer. Sie setzte sich auf einen Küchenstuhl und blieb bis 7:10 bewegungslos sitzen. Dann rief sie in der Schule an und meldete sich krank.

Janne legte sich in ihr Bett. Sie erwachte erst wieder um 17:10, holte ihr Fahrrad aus dem Schuppen und fuhr los. Sie konnte gerade noch bremsen. Das Vorderrad kam knapp vor dem Kopf eines Vogels zum Stehen. Sie stieg ab. „Ich darf ihn nicht anfassen", sagte sie laut. „Seine Mutter wird ihn nicht wieder ins Nest nehmen, wenn ich ihn erst angefasst habe." Der Vogel saß ganz still. Janne ließ das Fahrrad liegen, rannte zurück in ihre Wohnung und holte zwei Handtücher und einen Einkaufskorb.

Als sie nach dem Vogel griff, versuchte dieser zu fliehen, ein Flügel hing schlaff zu Boden, der andere ruderte wild in der Luft. Nicht auszuschließen, dass Janne ihm den zweiten Flügel auch noch brach, als sie ihn zu fassen bekam. Die Arzthelferin in der Tierarztpraxis erklärte sich dazu bereit, den Vogel zu versorgen.

Eine Stunde später betrat Janne die Bar. Auf ihrem Tisch stand ein Schild mit der Aufschrift *Reserviert*. Die Musik war lauter als gewöhnlich. Keinen klaren Gedanken konnte man fassen bei einer solch lauten Musik. Der Friedhofsgärtner, der ebenfalls Stammgast war, feierte Geburtstag. Janne mochte den Mann nicht. Eines Abends hatte er sie angesprochen. „Wenn Sie bei diesem Licht lesen, verderben Sie sich die Augen", hatte er gesagt. „Und das wäre doch schade, wo Sie so schöne Augen haben." Dazu hatte er dümmlich gelächelt.

Unter den Gästen des Gärtners befand sich eine zierliche Frau, die in der Pose der perfekten Zurückhaltung an einem winzigen Stück Parmesan knabberte. Im Tod sind alle gleich, dachte Janne und merkte, wie ihre Gedanken sich verwirrten. Ich muss meine Gedanken unter Kontrolle bekommen, sie in eine Bahn zwingen, dachte sie, als ihr Handy klingelte. „Er ist gestorben", sagte S.. „Einfach gestorben." Janne hörte ihn weinen. Dann war die Verbindung unterbrochen.

Jannes Gedanken gerieten in Unordnung. Unmöglich zu sagen, welche Hirnhälfte sich zum Denken eignete. Sie wollte Pierre rufen, konnte ihn jedoch nirgends entdecken. Pierre, der als Waisenkind wenige Wochen nach der Adoption ins Heim zurückgebracht worden war wie eine fehlerhafte Ware. Seit Janne ihn kannte, trug er eine Zahnspange, silberne im Licht der Bar glänzende Bracketts, über die sich seine Lippen wölbten, sobald er lachte. Starr und unnachgiebig führten die Streben von Zahn zu Zahn, zwangen einen jeden in die richtige Position. Auf den Metallblöcken Schrauben so klein, dass man sich keinen Schraubenzieher für sie vorstellen konnte. „Alleine schlafen macht müde", hatte Pierre zu Janne gesagt, nachdem er ihr von dem Waisenhaus erzählt hatte, danach nie wieder ein Wort über seine Person.

Alleine schlafen macht müde, dachte Janne jetzt und versuchte sich vorzustellen, wie es wäre, neben Pierre zu liegen.

Die Musik hatte an Lautstärke zugenommen. Pierre erschien auf den Stufen der Kellertreppe. Sicher war er im Kühlraum gewesen. Janne hatte ihn schon des Öfteren dort gesehen. Sie stellte sich vor, wie es wäre, im Kühlraum eingeschlossen zu sein. Zuerst würden die Hände kalt werden, dann die Füße, nach und nach die Arme und Beine, zuletzt der Rumpf. Ihr Herzschlag würde sich verlangsamen, der Blutdruck würde sinken. Nach einiger Zeit würde die Kälte ihr die Sinne verwirren, ähnlich wie der mit Myrrhe versetzte Wein die Sinne Jesu hätte verwirren sollen. Gekreuzigte starben nach zwei Tagen. Das hatte Janne erst vor kurzem gelesen. Das Blut sackt in die Beine, der Blutdruck fällt um die Hälfte, der Herzschlag verdoppelt sich. Das Herz wird nicht mehr ausreichend mit Sauerstoff versorgt, der Gekreuzigte fällt in Ohnmacht, bis das Herz schließlich versagt. Janne ließ sich nicht in den Kühlraum sperren.

Zwei Tage später schickte sie S. eine Nachricht. *Wollen wir uns sehen?* fragte sie über SMS. *Um 20:00 in der Bar* lautete die Antwort.

Ab 19:30 saß Janne an ihrem Tisch. Der Geruch stellte sich plötzlich und mit einer Intensität ein, die Janne starke Übelkeit bereitete. Wenige Sekunden später war auf der Straße ein lauter Knall zu hören. Durch das Fenster sah Janne zwei ineinander verkeilte Autos. Die Fahrerkabinen waren eingedrückt, auf dem Beifahrersitz des einen Wagens saß ein kleiner Junge. Von ihrem Platz aus konnte Janne nicht sehen, ob er die Augen geöffnet hatte. Die Worte der Großmutter hallten in ihren Ohren. „Nur gut, dass du nicht mitgefahren bist." Rasch sammelte sich eine kleine Menschenmenge um die Wagen. Zwei Männer telefonierten über Handy. Janne wäre gerne zu Hilfe geeilt, aber die Übelkeit nahm zu und sie schaffte es gerade noch rechtzeitig in den Keller, wo sie ins Waschbecken der Damentoilette erbrach.

Janne spülte den Mund aus und ließ kaltes Wasser über die Handgelenke laufen. Dann setzte sie sich auf den Toilettendeckel und schloss die Augen. Der Junge war höchstens sechs Jahre alt.

Als sie an ihren Tisch zurückkehrte, zeigte die Uhr über der Theke 22:00. Sie konnte sich nicht erinnern, wo sie die Zeit verbracht hatte, sie konnte unmöglich zweieinhalb Stunden auf der Toilette gesessen haben. Von dem Unfall war nichts mehr zu sehen.

Pierre trat an ihren Tisch und reichte ihr einen Zettel. „Den hat ein junger Mann für dich abgegeben", sagte er. „Noch keine fünf Minuten her." *Tut mir leid* stand auf dem Zettel. *Ich musste weg. Die Frau meines Freundes ist ebenfalls gestorben.* Janne verstand nicht, was der Zettel zu bedeuten hatte. Sie fragte sich, wer einen solchen Zettel für sie abgegeben haben mochte. „Ein junger Mann", sagte Pierre. „Ich habe ihm gesagt, dass du nur mal eben auf der Toilette bist, aber er ..." Janne griff nach Pierres Hand. „Der Unfall", sagte sie. „Wo sind die Menschen/der kleine Junge/sechs Jahre, nicht älter/wir müssen Hilfe holen/wir müssen" Pierre sah sie besorgt an. „Welcher Unfall?", fragte er. „Vorhin/da war doch/auf der Straße/dieser Knall und dann die beiden Wagen/verkeilt", sagte sie und wurde immer leiser. „Du siehst blass aus", entgegnete Pierre. „Ich hole dir ein Wasser." Bevor Pierre mit dem Wasser kam, verließ Janne die Bar.

Sie legte sich in ihr Bett und starrte gegen die Zimmerdecke. Bei ihrem Einzug hatte sie Leuchtsterne an die Decke geklebt. Strahlte man die Sterne eine halbe Stunde lang an, leuchteten sie zehn Minuten. Andromeda und Casiopeia. Es war nicht leicht gewesen, die Sterne an die richtigen Stellen zu kleben. Immer wieder hatte sie ein Buch über Sternenkunde zu Rate ziehen müssen, um die

Sterne in die richtige Konstellation zu bringen. Zu guter Letzt klebten alle Sterne.

Janne hielt die Luft an. Eine Minute. Zwei Minuten. Sie atmete. Hielt erneut die Luft an. Atmete. Hielt die Luft an. Bis die Sterne verblasst waren. Sie stand auf und ging in die Küche, um sich ein Glas Wasser zu holen.

Auf dem Küchenboden lag eine tote Maus, kleiner als Jannes Faust. Janne strich über ihr kaltes Fell. Sicher ist sie erfroren, dachte Janne und überlegte einen Augenblick lang, sie in dem Topf Erde, aus dem noch immer keine Pflanze gewachsen war, zu begraben.

Unschlüssig kniete sie neben der toten Maus und streichelte ihr Fell.

Irgendwann trat Janne an den Kühlschrank, öffnete das Gefrierfach, entnahm eine Packung Spinat und entsorgte sie im Mülleimer. Sie legte die Maus in das Gefrierfach. „Bis morgen", sagte sie und streichelte ihr ein letztes Mal über das Fell.

Lass uns die Welt noch ein paar Tage ertragen

Er hätte sich die Ohren annähen lassen sollen. Mit angenähten Ohren wäre alles ganz einfach gewesen, er wäre zu ihr gegangen und hätte sie nach ihrer Telefonnummer gefragt. Doch mit abstehenden Ohren war so etwas unmöglich.

Schon als Kind hatte er überlegt, sich die Ohren annähen zu lassen. Ein Mädchen in seiner Klasse hatte es getan, zwei Wochen lang war sie mit einem Verband herumgelaufen, ähnlich dem, mit dem man den Toten das Kinn nach oben band. Drei Tage, nachdem man ihr den Verband abgenommen hatte, standen die Ohren wieder nach vorne.

Andererseits war es ja nicht schlimm, abstehende Ohren zu haben, man hörte hervorragend, wie mit einem übergroßen Schalltrichter. Ein Zeichen von Charakter, hatte er sich gesagt. Anliegende Ohren hat schließlich fast jeder, aber abstehende Ohren, das war schon etwas Besonderes. Eine Zeit lang hatte er die Haare sogar kurz getragen, nur damit man seine Ohren sah. Irgendwann war er, den Ohren gegenüber gleichgültig, zu einem normalen Haarschnitt zurückgekehrt. An diesem Tag jedoch wünschte er sich lange kräftige Locken.

Die Frau zahlte und ging. Jetzt oder nie, sagte er sich und erreichte sie vor der Tür der Bar, als sie sich einen Schal um den Hals schlang und ihren Mantelkragen aufrichtete. So unmittelbar vor ihr, fiel ihm nicht ein, was er hätte sagen können.

Nach einer peinlichen langen Minute war sie es, die sprach. „Geht mir auch so", sagte sie und lächelte, scheu und flüchtig, fast als dürfe nicht gelächelt werden. „Gehen Sie mit mir essen?", fragte er hastig, ohne sie anzusehen. „Ja", sagte sie, und sein Gesicht fing an zu glühen, seine Ohren, wie er fürchtete, glühten ebenfalls. Sie berührte ihn am Ärmel. „Bis morgen", sagte sie, richtete noch einmal den Kragen ihres Mantels auf und ging.

Lange vor der verabredeten Zeit saß er im Restaurant und beobachtete den Eingang. Er hatte kaum geschlafen, immer an sie denken müssen, sich den ganzen Tag über nicht konzentrieren können. Er wusste weder, wie sie hieß, noch, wo sie wohnte. Vielleicht lebte sie in einer anderen Stadt, war nur zu Besuch und hatte sich einen Scherz mit ihm erlaubt.

Aber sie erschien pünktlich, in einem grünen Rollkragenpullover, der ihren schlanken Hals erahnen ließ, schlank wie ihre Finger. Sie hatte die Haare hochgesteckt, in den Ohren kleine weiße Perlen. Er starrte sie an und seine Gedanken verwirrten sich. Sicher leuchteten seine Ohren. Er musste etwas sagen, schon um von den Ohren abzulenken. Doch ihm fiel nichts ein. Verzweifelt überlegte er, welche Tagesereignisse es wert waren, erwähnt zu werden, ob sie sich für Literatur interessierte oder für Kunst. Er hätte ihr von *Yackidooh* erzählen können, einem irischen Musical, das er kürzlich gesehen hatte. *Yackidooh*, hätte er sagen können, ein irischer Freudenschrei. Aber es schien ihm zu belanglos, um damit den Abend zu eröffnen. Vielleicht sollte er sie besser nach ihrem Lieblingsautor fragen und in einem Atemzug auf Bernhard oder Strauß zu sprechen kommen. Doch vielleicht interessierte sie sich eher für Bachmann oder Wolf, und dann hätte er dumm dagestanden. Er überlegte, sie zu fragen, woher sie stamme, wer ihre Eltern seien und ob sie Geschwister habe. Aber das hätte wie ein Verhör geklungen. Besser, er erzählte von sich, dass er einen Bruder und eine Schwester hatte, beide älter. Doch dann erhielte sie womöglich den Eindruck, er sei einer von denen, die nur über sich reden. Sie spielte an ihren Ohrringen, blickte auf die Tischdecke. Er hätte gerne eine Zigarette geraucht, aber sicher mochte sie keine rauchenden Männer. Die Wahrheit, dachte er. Wenn noch etwas zu retten ist, dann nur mit der Wahrheit. Er räusperte sich. „Bin ganz schön aufgeregt", sagte er und ärgerte sich, dass seine Stimme zitterte und sein linkes Augenlid zuckte, wie immer, wenn er nervös war. Sie lächelte, schwieg und spielte weiterhin an den Ohrringen.

Dann passierte das Peinlichste, was passieren konnte, er verfiel in die Gebärdensprache. Seit einem halben Jahr kam es immer häufiger vor, dass seine Arbeit in sein Privatleben drängte, als könne sein Gehirn nicht mehr zwischen Gehörlosen und Normalhörenden unterscheiden.

Sie ignorierte seine Gesten, bis sie sich nicht mehr ignorieren ließen. „Was ist?", fragte sie, und es schien ihm, als sei sie fluchtbereit auf die vorderste Kante ihres Stuhls gerutscht. Doch so sehr er sich auch bemühte, die Gebärden ließen sich nicht unterdrücken, so dass er sich schließlich auf seine Hände setzte. Sie war blass geworden und ohne ihn anzusehen, redete sie hastig drauflos. „Ich wollte immer Cellospielerin werden. Mein ganzes Leben lang. Schon als Kind hatte ich diese Idee. Eine wirklich fixe Idee. Aber ich hatte Chancen. Bis ..." Sie hielt ihm ihre Hände hin. „Trümmerbruch", sagte sie. Die Hände wirkten völlig intakt, nicht die kleinste Narbe. „Schöne Hände", sagte er, und froh, seine Stimmer wieder gefunden zu haben, wiederholte er. „So schöne Hände." Verlegen nahm sie ihre Hände vom Tisch. „Jetzt gebe ich Unterricht", sagte sie. „Cellounterricht." Sie starrte erneut auf die Tischdecke. „Ich unterrichte Gehörlose", sagte er. „Mein Vater war Archäologe", entgegnete sie, als hätten Gehörlosenlehrer und Archäologen etwas miteinander zu tun.

Schweigend verließen sie das Restaurant. Die Hände ineinander geschlungen gingen sie die Straße entlang.

„Meine Liebe", gebärdete er, als sie in seinem Wohnzimmer auf der Couch Platz genommen hatte. „Schön, dass du da bist. Die Sonne scheint." Ihm fiel ein, dass Nacht war, und er korrigierte sich. „Der Mond leuchtet", gebärdete er, ohne dass es ihm peinlich gewesen wäre und ungeachtet dessen, dass sie ihn nicht verstand. Mit den Händen umriss er eine große Kugel. „Schöne Welt." Die Gebärdensprache machte ihn mutig. „Ich mag dich", gebärdete er, und sie legte ihm die Hände auf die Ohren. „Mit dir", sagte sie, und weil ihre Hände auf seinen Ohren lagen, klang es sehr leise. „Mit dir, da könnte ich die Welt noch ein paar Tage ertragen."

Die Stimmlosigkeit der Anna Maria Buche

Als Anna aufwachte, war alles noch normal. Zu Hause redete sie nie, außer jemand rief an. Doch an diesem Morgen rief niemand an, wie das Telefon in letzter Zeit überhaupt selten klingelte.

Anna bemerkte erst, dass etwas nicht in Ordnung war, als sie auf der Straße eine Frau anstieß und sich nicht entschuldigen konnte, weil ihre Stimme versagte. Kein einziges Wort brachte sie heraus, nicht einmal ein heiseres. Dabei war sie völlig schmerzfrei. Hals, Kopf und Glieder, nicht der geringste Schmerz.

Die Frau war längst weiter gegangen. Vielleicht hatte Anna sie nicht einmal angestoßen, vielleicht war überhaupt alles nur Einbildung, die Straße, die Frau, Annas Stimmlosigkeit.

Ihr war schon einmal etwas Ähnliches passiert. Damals hatte sie geglaubt, über Nacht erblindet zu sein. Sie hatte nichts mehr gesehen. Absolut nichts! Völlige Dunkelheit hatte sie umgeben, und sie hatte eine Ewigkeit gebraucht, um die Nummer des Notdienstes zu wählen. Als der Notarzt endlich kam, hatte er nichts feststellen können. „Alles in bester Ordnung", hatte er gesagt. Anna hatte nicht einmal sehen können, was für ein Notarzt das war; der Stimme nach ein junger Mann, höchstens dreißig, hatte Anna geschätzt und ihm die nötige Erfahrung abgesprochen, zumal er noch einmal: „Alles in bester Ordnung", wiederholte und Anna, die nach wie vor nichts sehen konnte, mit dieser Diagnose, die keine war, alleine am Küchentisch sitzen ließ. „Bemühen Sie sich nicht, ich finde alleine hinaus", hatte er gesagt, als begleite Anna ihn aus Unhöflichkeit nicht zur Tür. Anna hatte den Rest des Tages, es war ein Sonntag, in der Wohnung, und hier vorwiegend am Küchentisch verbracht, und am nächsten Morgen, an dem sie zu ihrem Hausarzt hatte gehen wollen, war die Blindheit so plötzlich verflogen, wie sie gekommen war. Anna hatte das Gefühl gehabt, sogar ein wenig schärfer und heller zu sehen als zuvor.

Vielleicht träume ich, dachte Anna. Die Straße, die Frau, die Stimmlosigkeit, alles nur ein Traum, ein Alp, dachte sie, aus dem ich gleich erwache. Und dann beginnt ein neuer Tag, dachte sie, beginnt so, wie sich das für einen anständigen Tag gehört. Ein neuer Morgen beginnt dann, einer, an dem man mit denselben Fähigkeiten aufwacht, mit denen man sich am Abend zuvor schlafen gelegt hat, an dem man mit einem funktionstüchtigen Körper erwacht, der seine Aufgaben erledigt, wie man es von ihm erwartet.

Möglicherweise würde an diesem neuen Morgen sogar das Telefon klingeln, und Anna würde den Hörer abheben und sich unterhalten, mit einer ganz normalen Stimme. Sie würde das Haus verlassen und zur Arbeit gehen. Möglicherweise würde sie auch an diesem neuen Morgen eine Frau anstoßen. Sie würde sich entschuldigen und weitergehen.

Doch Anna erwachte nicht, weil sie bereits wach war. Sie stand noch immer an der Stelle, an der sie wenige Minuten zuvor die Frau angestoßen hatte. Langsam setzte sie sich in Bewegung, in weniger als einer Stunde musste sie vor die Marketingabteilung der Firma Schwälbchen treten und ihre Werbekampagne präsentieren. Drei Monate lang hatte sie mit Tom an dieser Kampagne gearbeitet, und heute würde sich entscheiden, ob sie den Auftrag bekämen. Die Arbeit, die oft bis in die Nacht hinein gedauert hatte, war getan, jetzt ging es um nichts als ein paar lächerliche Worte. Zehn Minuten, mehr Zeit würde die Präsentation nicht in Anspruch nehmen, im Anschluss würden einige Fragen folgen, das war alles. Eine Viertelstunde Sprechfähigkeit, mehr verlangte Anna nicht. Keine allzu hohen Erwartungen, dachte Anna, zumal ich gestern noch völlig problemlos gesprochen habe.

Sie räusperte sich. Und dieses Räuspern war so klar und deutlich, dass Anna vor Freude hätte weinen mögen. Sicher würde sie bald wieder sprechen können. Sobald sie in der Firma ankäme, würde sie wieder sprechen können. Sie müsste sich nur ein paar Mal kräftig räuspern, dann würden die Worte schon kommen. Vielleicht habe ich etwas verschluckt, dachte sie. Nichts, das sich mit ein wenig Räuspern nicht beseitigen ließe. Sie brauchte einen Spiegel. Unbedingt! Sie musste sehen, was sie am Sprechen hinderte, was sich da in ihrem Hals quer gelegt hatte. Sie würde das Hindernis entfernen, und der Tag konnte seinen ganz normalen Fortgang nehmen.

Anna stürmte in das nächste Kaufhaus. In der Kosmetikabteilung gab es zahlreiche Spiegel. Doch wollte sie sich nicht in aller Öffentlichkeit in den Hals starren. Schnellen Schrittes durchquerte sie die Abteilung. In der nächsten, es handelte sich um die Abteilung für Damenunterbekleidung, zerrte sie wahllos einen Büstenhalter von einem der Ständer und betrat die Umkleidekabine.

Sie hängte den Büstenhalter an einen Haken und betrachtete sich im Spiegel. Auf den ersten Blick konnte sie nichts Ungewöhnliches feststellen. Womöglich war sie ein wenig blass, aber schließlich war November. Sie öffnete den Mund. Es war ein kleiner Mund, der etwas von einem kleinen o hatte. Nicht auszuschließen, dass sich die Stimmbänder entzündet hatten. Mit neun Jahren hatte sie auch eine solche Stimmbandentzündung gehabt, die ebenfalls mit einem kurzeitigen Sprechverlust einhergegangen war.

Aus den unmöglichsten Winkeln blickte sie sich in den Mund, die Stimmbänder jedoch konnte sie nicht sehen. Alles was sie sah, war ein schief hängendes Zäpfchen, ganz hinten am Gaumen. Gut möglich, dass dieses schief hängende Zäpfchen die Ursache für ihre Stimmlosigkeit war. Da sie das Zäpfchen allerdings noch nie so genau untersucht hatte, ließ sich unmöglich sagen, wie es normalerweise aussah. Möglicherweise hing es seit Geburt schief. Die Beleuchtung in der Kabine war zu schlecht, um beurteilen zu können, ob das Zäpfchen gerötet oder geschwollen war.

Anna entschied, ihren Hausarzt aufzusuchen. Dr. Huber würde sicher wissen, was in dieser Angelegenheit zu unternehmen wäre. Er würde es zuerst mit einem *Aaaaaa* versuchen. Ein *Aaaaaa*, das forderte er fast immer von Anna, außer sie kam mit Unterleibsschmerzen. Der Arzt würde ihr den Spatel tief in den Rachen stoßen, so dass Anna würgen müsste, dann käme die Aufforderung zum *Aaaaaa*.

Anna verlegte sich aufs Handeln, versuchte der Frau im Spiegel ein Wort abzuringen, ein einziges Wort. Sie versprach der Frau, sich in Zukunft mehr um sie zu kümmern, ihr täglich drei Mahlzeiten zukommen zu lassen und ausreichend Schlaf, sogar mit dem Rauchen wollte sie aufhören, für ein einziges Wort. Doch die Frau im Spiegel schien ihr nicht zuzuhören, erzählte vielmehr etwas von Speiseröhrenkrebs, der eine sehr schlechte Prognose habe und bei dem man gegen Ende mit einer Sonde ernährt werden müsse. Die Frau im Spiegel schien nicht zu bemerken, dass Annas Nase immer blasser wurde, so blass, dass man es unmöglich dem Winter zurechnen konnte, zitierte im Gegenteil bereits den nächsten Artikel über Kehlkopfkrebs, warf mit Fachausdrücken nur so um sich und wurde gegen Ende ihres Vortrags auch noch vorwurfsvoll. Anna sei selbst Schuld, postulierte sie, schließlich habe niemand sie gezwungen, unregelmäßig zu essen, wenig zu schlafen und viel zu rauchen, und das über Jahre hinweg.

Anna riss den Büstenhalter vom Haken. Sicher hatte sie sich nur einen Virus eingefangen, nichts als einen lächerlichen Virus. Sie warf den Büstenhalter auf einen der Wühltische und verließ das Kaufhaus.

Es galt Ruhe zu bewahren. Sie musste die Agentur verständigen und Tom bitten, die Präsentation zu übernehmen. Sie lenkte ihre Schritte in Richtung einer Telefonzelle, als ihr einfiel, dass das wenig Sinn hatte. Kurz entschlossen betrat sie das nächste Café und bat mit Zeichensprache um einen Block und einen Stift.

Bin gesund schrieb sie auf den ersten Zettel, der für Dr. Huber bestimmt war. *Stimmlosigkeit kam plötzlich* fügte sie hinzu und riss den Zettel vom Block. Es folgten weitere Zettel. Einer für den Taxifahrer, auf dem sie zuerst die Adresse der Agentur und dann Dr. Hubers Adresse notierte. Auf einen letzten Zettel kritzelte sie eine kurze Nachricht für Tom. *Übernimm du die Präsentation. Danke! Erklärung folgt.* Sie legte etwas Geld auf die Theke, ging zum nächsten Taxistand und zeigte dem Fahrer die Adresse der Agentur. Dort angekommen, reichte sie der Frau am Empfang die Nachricht, die sie für Tom vorbereitet hatte, dann ließ sie sich zu Dr. Huber fahren.

Notfall kritzelte sie auf einen Zettel, den ihr die Arzthelferin gereicht hatte, und wurde kurz darauf in das Behandlungszimmer geführt, wo Dr. Huber den für ihn vorbereiteten Zettel las und Anna mit gefurchter Stirn ansah. Er griff nach einem Spatel und forderte Anna zu einem langen *Aaaaaa* auf. Obwohl Anna wusste, dass sie kein *Aaaaaa* zustande bringen würde, öffnete sie folgsam den Mund und streckte die Zunge heraus. Der Spatel fuhr ihr in den Rachen, sie würgte. „Alles völlig normal", sagte der Arzt und wiegte nachdenklich den Kopf. „Merkwürdig", sagte er. „Wirklich merkwürdig. So etwas ist mir in meiner ganzen Praxis noch nicht untergekommen." Er warf den Spatel in einen Treteimer und wusch sich die

Hände. Mit hinter dem Rücken verschränkten Händen lief er vor dem Bücherregal auf und ab, trat schließlich an seinen Schreibtisch und drückte den Knopf der Gegensprechanlage. „Annette!", schrie er in das integrierte Mikrophon, als wolle er Annas Sprachlosigkeit durch die Lautstärke seiner eigenen Stimme ausgleichen. „Überweisung an Dr. Hummel, den HNO-Arzt, Sie wissen schon." In der Anlage knisterte und knackte es, dann wurde es still im Zimmer. Dr. Huber trat hinter Anna und legte ihr seine schweren Hände auf die Schultern. „Wird schon wieder", sagte er und tätschelte ihr die Schultern. „Wird schon wieder. Dr. Hummel ist eine Kapazität auf seinem Gebiet." Er nahm die Hände von Annas Schultern und setzte seine Wanderung entlang des Bücherregals fort, bis die Sprechstundenhilfe mit der Überweisung kam.

Die Überweisung in der Hand verließ Anna die Praxis. Im Treppenhaus hatte sie kurz das Bedürfnis zu weinen, weinte aber nicht. Dr. Hummel würde ihr sicher helfen.

In den Fluren der Praxis von Dr. Hummel hingen Mirós und Kandinskys, das Chrom des Empfangstresens blitzte, und auf dem Tisch in der Wartezimmerecke verlor ein Strauß Astern seine Blüten.

Dr. Hummel reichte Anne die Hand und lächelte. „Bitte", sagte er und deutete auf den Behandlungsstuhl. Er nahm einen Spatel, führte ihn sanft in Annas kleinen Mund und drückte ihre Zunge mit dem Spatel ganz leicht nach unten. Anna musste zum ersten Mal in ihrem Leben mit einem Spatel im Mund nicht würgen, der Spatel kitzelte im Gegenteil sehr angenehm. Am liebsten hätte sie die Finger des Arztes mit den Lippen umschlossen und den Spatel noch eine Weile im Mund behalten. „Ihr Zäpfchen hängt ein wenig schief", sagte Dr. Hummel leise, nachdem er den Spatel aus ihrem Mund entfernt hatte. „Aber das ist ganz sicher nicht die Ursache für ihre Stimmlosigkeit. Vermutlich hängt das Zäpfchen seit ihrer Geburt schief. Kein Grund zur Sorge." Noch immer hielt er den Spatel in den Händen. Anna öffnete leicht die Lippen. Der Arzt warf den Spatel in einen Treteimer, nahm einen frischen und führte diesen erneut in Annas Mund. „Was halten Sie von einem Abendessen?", fragte er, während Anna geduldig den Mund offen hielt. Doch mit offenem Mund war sie nicht einmal mehr in der Lage, sich zu räuspern. „Verstehe", sagte Dr. Hummel enttäuscht, und Anna schüttelte hastig den Kopf. „Ach, so", sagte der Arzt und lachte in einem tiefen Bariton. „Sie meinen, es macht keinen Sinn, essen zu gehen, wenn man sich nicht unterhalten kann." Er lachte ein weiteres Mal. „Da haben Sie natürlich völlig Recht." Er entfernte den Spatel und entsorgte auch ihn im Treteimer. „Wir können auch zu mir gehen", flüsterte er ganz nahe an Annas Ohr. „Da müssen wir kein einziges Wort reden, das verspreche ich Ihnen."

Am Abend auf dem Sofa von Dr. Hummel dachte Anna, was für ein Glück es zuweilen sein konnte, keine Stimme zu haben.

Der Selbstmord des Albert Karl Linde

Gestern Nacht verbrannte der vierzigjährige Pathologe Dr. Albert Karl Linde in seiner Hütte im Behringwald. Als Brandursache kommt eine glimmende Zigarette in Frage. Näheres wird sich jedoch erst nach Abschluss der polizeilichen Ermittlungen sagen lassen. Die bisher wenig beachtete Prosa des Arztes wird nach den gestrigen Ereignissen neu zu bewerten sein.

Bestimmt hatte Albert auf seinem geliebten Eichenstuhl gesessen, in der Hand einen Stift, vor sich ein leeres Blatt Papier, das über Stunden in jungfräulichem Zustand blieb, bevor Albert ein erstes Wort notierte.

Luise hätte gerne gewusst, in welchen Zustand die Polizei ihn gefunden hatte, Albert war ein Ästhet gewesen, der sich an manchen Tagen bis zu drei Mal rasiert hatte. Doch man würde ihr keine Auskunft erteilen, sie war mit Albert weder verwandt noch verschwägert, für die Polizei war sie nichts weiter als eine seiner zahlreichen Studentinnen.

In der Zeitung war zu lesen, dass man Alberts Texte in Zukunft neu bewerten müsse, und Luise fragte sich, was damit wohl gemeint war. Als ändere der Tod die Worte! Und einen lächerlichen Augenblick lang stellte sie sich vor, wie im Tod die Buchstaben ihre Plätze verließen und neue Worte formten.

„In erster Linie bin ich Schriftsteller und dann erst Arzt", hatte Albert ihr erklärt, als sie sich zum ersten Mal privat trafen. Seine Frau habe ihn nie verstanden, habe immer nur den Arzt in ihm gesehen. „Meine Berufung ist das Schreiben!", hatte Albert gesagt, als wolle er Luise und auch sich davon überzeugen.

Luise hatte Alberts Fähigkeiten im Umgang mit der Sprache von Anfang an bewundert. „Ärzte gibt es mehr als genug", hatte sie an ihrem ersten gemeinsamen Abend zu ihm gesagt, „aber ein Sprachkünstler, das ist schon etwas Besonderes." Gut möglich, dass es dieser Satz war, mit dem sie Alberts Zuneigung gewonnen hatte.

Die Vehemenz, mit der Albert das Schreiben als seine eigentliche Neigung verteidigte, rührte Luise. Wenn es um Neigungen ging, kannte sie sich aus. „Davon kann ich ein Lied singen", hatte sie zu Albert gesagt und sich geschämt, weil ihr, ganz im Gegensatz zu Albert, selten die richtigen Worte über die Lippen kamen. „Ich habe zwar keine Neigung zum Schreiben", hatte sie hastig erklärt, „dafür aber eine starke Emotionalität." „Ich wünschte, meine Frau hätte ein wenig mehr Einfühlungsvermögen", hatte Albert entgegnet, und Luise hatte das als Kompliment aufgefasst.

Sehr bald stellte sich jedoch heraus, dass es keinesfalls ausreichte, nur einfühlsam zu sein, ja zuweilen schien Luises Einfühlungsgabe sogar eher hinderlich, nämlich immer dann, wenn es darum ging, Tatsachen rational zu erfassen. Wenn es zu verstehen galt, dass Albert verheiratet war und nicht jederzeit zu Luises Verfügung stand, dass er einen Ruf zu verteidigen hatte, und dass man ihn entlassen würde, wenn etwas über ihre Beziehung laut werden würde. Genau dann war Luises leidenschaftliche Art außerordentlich hinderlich. In diesen Belangen, die Albert selbstverständlich nicht erfreuten, war ein klarer Verstand deutlich angemessener als Sentimentalitäten. Diese Sachverhalte konnten überhaupt nur mit einem klaren Verstand erfasst werden, das musste sogar ein aufrichtig emotionaler Mensch wie Luise einsehen. Und das sah sie auch ein. Sie verstand, dass sich über diese Themen nicht diskutieren ließ, wie man gefühlsselig sowieso nicht diskutieren konnte. Überdies war sie sich bewusst, dass Gespräche, in denen sie weinte und unmäßige Forderungen stellte, zu keinerlei Ergebnis führten, sondern nur an Alberts Nerven zerrten, während Gespräche, in denen sie sich verständig zeigte, sehr wohl zu einem Ergebnis führten, auch wenn ihr das Ergebnis nicht immer behagte. „Du besitzt eine emotionale Intelligenz, über die nur wenige Menschen verfügen", pflegte Albert zu sagen. „Aber im Umgang mit Fakten nützt einem eine solche Intelligenz herzlich wenig. Im Umgang mit Fakten lässt einen eine solche Emotionalität im Gegenteil eher kindisch erscheinen." Und Luise bemühte sich, ihre Emotionalität dem Verstand unterzuordnen, denn ein kindisches Erscheinen war das Letzte, was sie an den Tag legen wollte.

So radikal Albert war, wenn es um die Wahrheit ging, so ambivalent war er in Bezug auf sein Schreiben. Wenn Albert klagte, dass ihn das Schreiben quäle, und Luise fragte, warum er es dann nicht lasse, konnte er fuchsteufelswild werden. „Man kann das Schreiben nicht einfach lassen, nur weil es einen quält!", schrie er. „Was hast du denn für eine Vorstellung von einem Schriftsteller?" Und weil Luise keine rechte Vorstellung von einem Schriftsteller hatte, schwieg sie. „Ich schreibe und schreibe", schrie Albert. „Und?" Aber Luise hatte mit diesem *Und* nichts anzufangen gewusst. „Immer fremder werde ich mir", schrie Albert, und Luise fing an zu weinen, zum einen, weil es ihr leid tat, dass Albert sich immer fremder wurde und zum anderen, weil sie es nicht ertrug, dass Albert sie anschrie. „Wozu soll ich schreiben, wenn es doch keiner lesen will!", schrie er. Luise wollte ihm beipflichten. Das macht keinen Sinn, wollte sie sagen. Da hast du vollkommen Recht, wollte sie antworten und ihm sagen, dass es vielleicht besser sei, mit dem Schreiben aufzuhören, wenn es ihn doch immerzu quäle und überdies niemand das Geschriebene lesen wolle. Doch Albert ließ ihr keine Zeit für eine Antwort. „Immer fremder werde ich mir!", brüllte er. „So fremd, dass ich meinen eigenen Namen bald nicht mehr weiß. Ich verliere die Wahrheit immer weiter aus den Augen, statt mich ihr zu nähern!" Was das für eine Wahrheit sei, die sich einem schon bei der kleinsten Annäherung entziehe, wollte er wissen, und was man von einer dermaßen feigen Wahrheit zu halten habe, von einer derartigen Unwahrheit! Doch Luise wusste keine Antwort, ganz offensichtlich hatte sie sich noch nie so nah an die Wahrheit herangewagt, dass diese meinte, sich ihr entziehen zu müssen. „Meine Frau lügt auch, ohne mit der Wimper zu zucken", sagte Albert, und es war dieses *auch,* das Luise über die Maßen kränkte, denn selbst wenn sie mit der Wahrheit kein so innig verzweifeltes Verhältnis hatte wie Albert, so bemühte sie sich doch stets um sie. Albert wurde immer lauter. „Was macht es für einen Sinn, sich an die Wahrheit zu halten? Denkinhalte! Nichts als Denkinhalte", schrie er, und Luise schwieg. Sie hatte nur ihre ganz persönliche, kleine Wahrheit, für die sie sich mit einem Mal schämte, da es Albert um eine ungleich größere Wahrheit zu gehen schien.

Sie versuchte, sich in die Wahrheit einzuarbeiten, las über Korrespondenztheorien und darüber, dass es sich bei der Wahrheit um eine Übereinstimmung von Denken und Sein handele, und dass es zwischen Denken und Sein Strukturähnlichkeiten gebe, und dass die Welt nur so erkannt werden könne. Und sie fragte sich, wie sie die Welt bisher überhaupt hatte erkennen können, in keinem der Texte war die Rede von einer intuitiven Wahrheit, und Luise schien es mit einem Mal lächerlich, eine solche Wahrheit überhaupt für möglich zu halten.

Niemand, der *aletheia* so auszusprechen vermochte wie Albert, mit weichem *a* am Anfang, betontem *ei* in der Mitte und weichem *a* am Ende. Luise hätte gerne mit geschlossenen Augen auf dem Bett gelegen und Albert von der Wahrheit sprechen hören, von Zeit zu Zeit hätte sie die Augen geöffnet und ihre granatapfelroten Zehennägel betrachtet. Albert hätte von einer nützlichen Wahrheit geredet, von der er allerdings nichts hielt, weil sie ihm zu zweckorientiert war, und Luise wäre das Wort heuchlerisch eingefallen, und Albert hätte sie bestätigt. „Genau das ist auch der Grund, warum ich niemals von Liebe spreche", hätte er gesagt, und beide hätten gelacht.

Zwei Tage nach Alberts Tod hatte dessen Ehefrau bei Luise angerufen und sie gebeten zu kommen. Luise hatte keine Ahnung, woher die Frau die Nummer wusste, hatte aber sofort zugesagt. Kaum dass das Telefongespräch beendet gewesen war, hatte Luise rasende Kopfschmerzen bekommen und wäre am liebsten zu Hause geblieben, doch im Vergleich zu dem, was Alberts Ehefrau, die ja nun Witwe war, durchzumachen hatte, schienen ihre Kopfschmerzen eine lächerliche Ausrede.

„Eine gelegentliche Verzweiflung ist doch wohl etwas ganz anderes als die dauernde Unfähigkeit, das Leben zu ertragen", sagte die Frau, kaum dass Luise auf dem Sofa im Wohnzimmer Platz genommen hatte. Luise hatte keine Ahnung, wovon die Frau sprach, überdies interessierte es sie nicht. „Aber zu der Beerdigung kommen Sie doch?", fragte die Frau. Weder wollte Luise zu der Beerdigung gehen, noch wollte sie länger in der Wohnung bleiben und dieser Frau zuhören. Es war ein Fehler gewesen zu kommen, dachte sie. Niemandem ist damit gedient, dachte sie, und am liebsten wäre sie aufgestanden und hätte die Wohnung verlassen. „Das ständige Bemühen um Anteilnahme, wenn Sie verstehen, was ich meine", sagte die Frau. „Das Bemühen um Zuwendung und das zusätzliche Bemühen, dass nur niemand etwas merkt." Selbst wenn sie gewollt hätte, hatte Luise dieser Frau nichts zu sagen. „Ich wusste, Sie würden mich verstehen", sagte die Frau. „Wir hätten uns früher kennen lernen sollen." Sie machte eine Pause. „Kaffee oder Tee?", fragte sie. „Tee", sagte Luise und folgte der Frau in die Küche. „Morgen wird er obduziert", sagte die Frau, während sie zwei Tassen und Unterteller aus dem Schrank nahm. „Ich war schon einmal in so einem Saal, ganz zu Anfang, wir waren frisch verliebt." Sie schaltete den Wasserkocher an. „Dieser Geruch nach Formaldehyd, vor allem, wenn man sich über die Leichen beugt." Sie nahm eine gläserne Teekanne, füllte Earl Grey in ein Teesieb und hängte das Sieb in die Kanne. „Gehirnscheiben, aufgerissene Brustkörbe, zersägte Schädel." Luise summte stumm ein Liedchen. Sie wollte nichts hören, nichts wollte sie davon hören. Ganz nervös machte einen diese Frau, deren Hände zitterten, dass die Tassen klapperten. „Wenn man zum Sterben nur die Luft anhalten müsste, es gäbe viele Tote", sagte die Frau. „Zucker?" Luise nickte, obwohl sie den Tee sonst nie mit Zucker trank. „Ich schreibe ja nicht", sagte die Frau, trat ganz nah an Luise heran und lachte ihr schrill ins Gesicht. „Aber Sie! Sie schreiben sicher." Ihre Hände zitterten immer unkontrollierter, ihre Stimme wurde immer lauter. „Wahrheit! Was bedeutet das schon?" Sie schrie. „Jeder kann das sagen, dieses Wort!" Sie spuckte in die Luft. „Oh Gott! Dieses verdammte Wort!" Sie lachte irre und spuckte erneut in die Luft. „Wahrheit!", schrie sie und fegte die Glaskanne vom Tisch.

Keine Bleibe für Schnee

Mein Vater, das Schwein! Aber, nein. Er ist kein Schwein. Sonst wäre es einfach. Ich liebe und bewundere ihn und für seine Anerkennung würde ich sterben. Doch ich kann nicht sein wie er.

Aber es wird ja nicht besser mit mir, im Gegenteil, immer schlechter wird es mit mir. Die Anderen sagen, dass sie mich nicht sterben lassen wollen, und auch ich will mich nicht sterben lassen, doch wie soll man leben, mit einem Schmerz, der nicht sein darf, einem Schmerz, der ganz und gar unverständlich ist, selbst mir, mit einem dummen, überflüssigen Schmerz, einem, den ich mir zudem selber zuzuschreiben habe, denn schließlich bin ja ich es, die sich ausgrenzt und dann wundert, nicht dazuzugehören, die nicht ist wie die Anderen, die eine Außenseiterin ist, die sich nicht an einem guten Essen erfreut oder sich ein schönes Haus baut, sich einen neuen Wagen kauft und in den Urlaub fährt. Eine Einzelgängerin, die dieses Leben nicht als eines erlebt, das zu ertragen ist, sondern als eines voller Schmerz, einem unerklärlichen Schmerz, der überdies völlig dumm ist, weil es keinerlei Anlass für diesen Schmerz gibt, keinen.

Eine Kindheit, die hatte schließlich jeder, auch eine, in der nicht immer alles wunderbar lief, in der man nicht immer gehört wurde, also ist es absolut unnütz, einen Schuldigen zu suchen, denn entweder gibt es nur Schuldige, weil man nicht leben kann, ohne schuldig zu werden, oder aber es gibt keine Schuldigen, weil die Schuld zum Leben dazu gehört. Kein Grund, sich auszugrenzen, dagegen zahlreiche Gründe sich zu freuen, gute Gründe. Unnötig an einer Kindheit festzuhalten, die eine Kindheit war wie jede andere, das ist auch meine Meinung. Gleichzeitig gehöre ich nicht dazu, weil ich diese Kindheit, die eine Kindheit wie jede andere war, nicht loslassen kann, was natürlich völlig kindisch ist, zumal es so unglaublich viele Dinge gibt, an denen man sich erfreuen kann, und in mir existiert ja auch eine solche Seite, die sich erfreut, und zuweilen scheint sogar die Sonne, und wenn man nicht zu früh aufstehen muss, ist es gelegentlich auch ein Genuss aufzustehen, weil nämlich ein neuer Morgen anbricht, ein wunderbarer Morgen, an dem es absolut lächerlich ist, diesen Schmerz zu empfinden. Überdies gilt es, an einem so fabelhaften Morgen, der Dunkelheit etwas entgegen zu setzen, die Schatten zu vertreiben, die Schatten der Kindheit und auch alle sonstigen Schatten. Vertrieben werden müssen sie, diese Gespenster, denn das Leben ist ja an sich schon finster genug, weswegen man nicht noch zusätzlich über die schwarzen Splitter des Lebens reden oder schreiben muss, denn diese lichtlosen Gefilde kennt schließlich jeder, niemand der darüber zusätzlich etwas hören oder lesen will, denn wenn es etwas gibt, das zu hören oder zu lesen sich lohnt, dann sind es helle Geschichten, Geschichten, in denen gelacht, geliebt und gelebt wird, Darstellungen von Leid und Tod dagegen möchte niemand hören, schon gar nicht solche, in denen langsam oder auf Raten gestorben wird, das verstehe sogar ich, wie ich überdies verstehe, dass man diese blinden Versatzstücke des Lebens nicht noch zusätzlich kultivieren darf, weil es sonst richtig muffig wird, das Leben, und man überdies selber Schuld ist an dieser allumfassenden Dunkelheit, weil man sich schließlich und endlich nicht immer diesen düsteren Seiten des Lebens zuwenden muss, hauptsächlich, weil das Leben lebenswert ist und sich mit einer positiveren Einstellung auch viel besser leben lässt, nicht nur ertragen, sondern geradezu genießen könnte man das Leben mit einem Minimum an Lebensbejahung. Das funktioniert, davon bin ich überzeugt, ehrlich.

Nein, mein Vater ist kein Schwein, mein Vater ist im Gegenteil ein ganz wunderbarer Mensch, ein bewundernswerter Mensch, der das Leben zu nehmen weiß, es zu leben vermag, es selbst durch die düstersten Zeiten hindurch ganz fabelhaft zu meistern versteht, und der nicht dem Alkohol verfallen ist, sondern sich gegen einen solchen Alkoholverfall ganz unerhört zu wehren vermochte, weil er eine Stärke besitzt, die ich eben leider nicht besitze und die diesen ungemeinen Unterschied zwischen uns ausmacht. Mein Vater ist ein Mensch, der wahrlich gute Gründe gehabt hätte, dem Alkohol zu verfallen, das kann man ihm schon glauben, und das glaube ich ihm auch. Jeder, der das Leben meines Vaters zu leben gehabt hätte, wäre dem Alkohol verfallen, jeder, dessen Frau und Kinder davon gelaufen wären, hätte dem Alkohol zugesprochen, da hat er schon Recht, mein Vater, das Nichtschwein, und wenn die eigene Frau und die eigenen Kinder dann auch noch eine Klage angestrengt hätten, da hätte jeder zum Alkohol gegriffen. Nicht so mein Vater, denn mein Vater wusste ganz genau, dass es kein gutes Ende nehmen würde, hätte er in dieser Zeit auch nur einen Tropfen angerührt, und weil mein Vater, das Schwein, der keines ist, und den ich liebe, weil er ist, wie er ist, das so genau wusste, hat er alle ihm zur Verfügung stehende Disziplin und auch die, die ihm nicht zur Verfügung stand, zusammen genommen und sich gegen diesen Verfall, gegen diesen Alkoholverfall gewehrt. Erfolgreich. Weil er diszipliniert und stark ist, und weil er nachgedacht und sich gesagt hat, dass es keinen Sinn macht, sich in den Alkohol zu flüchten, nur deswegen und aus ganz eigener Kraft, hat mein Vater es geschafft, sich am eigenen Schopf aus dem fremden Dreck zu ziehen. So sieht es nämlich aus. Und umgebracht hat er sich auch nicht, denn wenn man Freunde hat, dann kann es ja gar keinen Grund geben, sich umzubringen, weil man sich jederzeit an diese Freunde wenden kann, und man in diesem Fall sozusagen ein Refugium hat. Und weil mein Vater weiß, wie kostbar ein solcher Zufluchtsort ist, bietet auch er mir ein Refugium, und ich bin sogar so schwach, dass ich dieses Refugium nicht annehmen kann, weil ich seine Nähe, nach der ich mich so lange gesehnt habe, nun mit einem Mal nicht ertrage. Und genau daran kann man ganz deutlich erkennen, wie schwach ich bin. Ich bekomme ein Refugium geboten und kann es nicht nutzen, kann trotz eines solchen Refugiums nicht verhindern, dass ich verfalle, wenn auch nicht dem Alkohol, so doch verfalle. Zuweilen schnell und zu anderen Zeiten etwas langsamer, steuere ich unaufhaltsam und zielsicher dem eigenen Verfall entgegen, was meine Freunde sehr schade finden, weil auch sie der Meinung sind, dass sich mit Freunden alles lösen lässt, wenn man nur auf sie zurückgreift, was man auch tun muss, weil es in diesem Fall ganz unsinnig wäre, zu stolz zu sein, um auf sie zurückzugreifen, und es auch ganz dumm ist, es immer wieder alleine zu versuchen, auch wenn mein Vater es natürlich auch alleine geschafft hat, mit dieser eisernen Disziplin, die ihm eigen ist und mir leider so gar nicht zur Verfügung steht.

Dass mein Vater eine Menge Disziplin hat, dass kann man ihm schon glauben, denn wer blieb ihm denn noch, nachdem seine Frau ihn verlassen hatte, die Hure, die sogar im Verdacht stand, mit dem eigenen Sohn geschlafen zu haben. Und nicht nur seine Frau hatte ihn verlassen, sondern auch die Kinder waren gegangen, und die Tochter nur, weil die Mutter sie gefragt hatte, ob sie denn vorhabe, für den Vater die Putzfrau zu spielen. Und weil die Tochter, die ja ich bin, dies natürlich nicht vorhatte und auch einsah, dass die Mutter die Schwächere war und Unterstützung brauchte, während der Vater genügend Disziplin hatte, nicht dem Alkohol zu verfallen, ging die Tochter, also ich, mit der Mutter, auch wenn diese ihr natürlich lange nicht so viel zu bieten hatte wie der Vater, finanziell gesehen versteht sich, weswegen die Mutter in der Folge oft erwähnte, dass die Tochter vielleicht besser zum Vater zurückkehren solle, weil dieser ihr viel mehr zu bieten habe. Von ihrer Rolle als Putzfrau war in der Folge nicht mehr die Rede gewesen, sondern nur davon, dass die Tochter es beim Vater, finanziell gesehen, besser habe, und dass dieser ihr viel mehr zu bieten habe als die

Mutter, die ihr ganzes Leben lang immer nur die Putzfrau für den Vater gespielt hatte, was natürlich lange nicht so gut, um nicht zu sagen überhaupt nicht, bezahlt worden war, entgegen der Arbeit des Vaters, die sehr gut bezahlt wurde. Und da half es der Tochter auch nicht, immer wieder zu beteuern, dass sie schließlich mit der Mutter gegangen sei, weil sie diese liebe, denn das war ja nicht der Punkt, wäre die Tochter wieder zum Vater gegangen, dann hätte sie ohne Probleme an der Klassenfahrt teilnehmen können, die die Mutter ihr eben nicht finanzieren konnte, was für alle Beteiligten und besonders für die Mutter mehr als bedauerlich war.

Kindheit hin, Kindheit her, jedenfalls gibt es keinen Grund, sich als Erwachsene nicht von solchen Dingen zu lösen, sich nicht von einer Kindheit zu emanzipieren, die so schlecht nicht war, zumal die Tochter weder sexuell missbraucht noch geschlagen wurde, die letzte Ohrfeige hatte sie mit sechzehn erhalten, aber völlig zurecht und so schlimm kann eine Ohrfeige ja nun auch nicht sein. Du meine Güte, eine Ohrfeige. Überdies gilt es irgendwann, die Vergangenheit ruhen zu lassen, da hat der Vater natürlich mal wieder Recht, Vergangenheit ist Vergangenheit, und an der ändert niemand mehr etwas, weswegen es auch völlig sinnlos ist, irgendjemandem irgendetwas vorzuwerfen, auch in diesem Punkt kann die Tochter dem Vater nur beipflichten, wie sie überdies bereit ist zuzugeben, dass der Schmerz ein absolut lächerlicher, kindischer und unangemessener Schmerz ist. Die Tochter weiß, dass man mit dreißig das eigene Leben leben muss, und die Verantwortung für dieses Leben nicht auf Andere, sprich den Vater, die Mutter oder die gesamte Kindheit abwälzen darf, das findet die Tochter auch. Überdies hat sie sich geschworen, niemals so zu werden wie die Mutter, immer in der Rolle des Opfers. Das ist keine Rolle für die Tochter, das hat sie schon sehr früh entschieden, jedes Mal von Neuem, wenn der Vater die Mutter schlug und diese sich nicht wehrte, dann hat die Tochter diese

Entscheidung wieder und wieder bekräftigt, wenn der Vater die Mutter als den letzten Dreck bezeichnete, als eine, die er aus der Gosse aufgelesen hat, und die ohne ihn noch immer dort läge, und die eigentlich nur durch ihn, den Vater, überhaupt lebte, immer dann hat die Tochter ihre Entscheidung erneut bejaht. Nacht für Nacht hat die Tochter gebetet, dass die Mutter gehen, dass sie der Demütigung entfliehen möge, Tag für Tag hat die Mutter sich erneut erniedrigen lassen, aber die Mutter hat den Vater ja auch immer bis aufs Äußerste gereizt, das muss man schließlich auch sehen, und das sieht die Tochter auch, sieht, dass die Mutter bis zu einem gewissen Grad hysterisch ist, wie der Vater sagt. Die Tochter erinnert sich noch ganz genau, wie die Mutter eines Tages schrie: „Der hat mir die Halswirbelsäule gebrochen, ich sterbe." Was natürlich unsinnig war, weil die Mutter schließlich noch lebte und somit nicht an einer gebrochenen Halswirbelsäule gestorben sein konnte, wie sie damals behauptet hatte. Im Gegenteil stand die Mutter ganz einfach wieder auf, nachdem sie das mit der Halswirbelsäule geschrien hatte, und an der Halswirbelsäule war nichts, aber auch gar nichts zu sehen, schon gar nichts Gebrochenes. Das war dann schon ein wenig hysterisch, wie es ebenfalls hysterisch war, jedes Nasenbluten gleich zu einem kleinen Tod zu stilisieren. Wer hatte in seinem Leben nicht schon einmal Nasenbluten gehabt, doch wer hätte es gleich zu einem Tod stilisiert, doch nur jemand, der hysterisch war, das sieht die Tochter ein, wie sie auch einsieht, dass es völlig unsinnig war, neben der Mutter auf dem Boden zu knien und zu flehen, dass diese nicht sterben solle, zumal die Mutter vom Sterben so weit entfernt war wie jeder andere Mensch. Überhaupt sind diese ganzen Gedanken an den Tod, sowohl die der Mutter als auch die der Tochter, völlig lächerlich, hysterisch, aber in dieser Hinsicht ist die Tochter eben ganz wie die Mutter, beide sind sie hysterisch, heute wie damals. Kaum dass der Bruder sich auch nur ein klein wenig geschnitten hatte und aus dem Arm blutete, da hatte die Tochter auch schon geschrien: „Die Hauptschlagader. Die Hauptschlagader ist verletzt." Ganz wie die Mutter hatte sie das geschrien, ohne recht zu wissen, was eine Hauptschlagader überhaupt war und wo diese verlief. Ganz die Mutter, hatte sich die Tochter mitten ins Zimmer gestellt und diesen völlig Haar sträubenden, mehr als hysterischen Satz geschrien, während der Vater die geballte Faust, mit der er dem Bruder natürlich nie ernstlich etwas angetan hätte, langsam löste. Was kleine Mädchen sich aber auch immer gleich denken, niemand stirbt an einer Schnittwunde, alles eine einzige Ausgeburt der Phantasie. Die Hysterie der Tochter angeheizt durch die Hysterie der Mutter, die sowieso schon immer, genau genommen bereits seit der Geburt der Tochter, versucht hatte, diese dem Vater zu entfremden, was ihr auch ganz gut gelang, so gut immerhin, dass die Tochter sich weigerte, sich vom Vater in den Arm nehmen zu lassen, was sie später wiederum so interpretierte, dass der Vater sie nie geliebt habe, was natürlich keineswegs der Wahrheit entsprach, weil der Vater seine Tochter schon immer geliebt hatte und noch immer liebte, abgöttisch sogar, weil alles andere ja völlig wider die Natur, fast schon krank wäre. Und niemals, das schwört der Vater, hat er die Tochter als Sau bezeichnet, nur weil sie sich die Hände nicht gewaschen hatte. Und geschlagen hat der Vater die Kinder nur, wenn die Mutter es ausdrücklich von ihm verlangte, wenn sie am Abend verzweifelt klagte, dass sie mit den Kindern einfach nicht fertig werde, und den Vater bat durchzugreifen. Und da war es doch wohl mehr als verständlich, dass der Vater nach einem anstrengenden Vierzehnstundentag weder gewillt noch in der Lage war, sich zuvor die verschiedenen Standpunkte anzuhören, zumal die Mutter nicht müde wurde, die Verstöße und Unartigkeiten der Kinder aufzuzählen, endlose Listen kleinerer und größerer Vergehen, derer sich die Kinder im Laufe eines Tages strafbar gemacht hatten. Unter diesen Umständen war es natürlich auch verständlich, dass der Vater sich bereits freitags nach Montag sehnte, um in der Firma zu verschwinden, um seiner hysterischen Frau und den nicht zu bändigenden Bälgern zu entfliehen.

Doch das ist die Vergangenheit, und wem nützt es schon, die Vergangenheit immer wieder aufzuwärmen, dem Vater jedenfalls nicht, und der Tochter ganz sicher auch nicht. Die Tochter stimmt dem Vater zu, dass es viel sinnvoller ist, in der Gegenwart zu leben und es sich gut gehen zu lassen, so zu leben wie der Vater und nicht wie die Mutter, die es sich nicht gut gehen lassen kann, die es sich überhaupt noch nie gut gehen ließ, der es meist schlecht ging und noch immer schlecht geht, und meist aufgrund des Wetters, das entweder zu heiß oder zu kalt ist, oder aber zu trocken oder zu feucht, aber in jedem Fall zu schnell umschlägt.

Die Tochter hat also schon in frühester Kindheit, die es ja eigentlich zu vergessen gilt, in dieser frühen Kindheit hat die Tochter also bereits entschieden, in ihrem späteren Leben, das ja nun angebrochen ist, in jedem Fall und um jeden Preis zu werden wie der Vater und nicht wie die Mutter, was schließlich nur eine logische Konsequenz ihrer Kindheit war, denn wer würde schon freiwillig gerne wetterfühlig und hysterisch sein, wenn er ebenso gut rational und heiter sein konnte, ausgestattet mit einem unerschöpflichen Vorrat guter Argumente, die einem das Leben erleichterten, sowohl im Umgang mit sich als auch im Umgang mit den Mitmenschen. Die Argumentationsstärke des Vaters schien der Tochter jedenfalls schon immer deutlich erstrebenswerter, als die Gefühlsschwäche der Mutter, zumal die Tochter in ihrer gesamten Kindheit mit ansehen konnte, dass der Vater mit seinem Verstand immer über die Mutter mit ihren überschießenden, nicht zu beherrschenden Emotionen dominierte. Zudem hat der Vater Recht, wenn er zu bedenken gibt, dass man sich seinen Gefühlen nicht so einfach hingeben darf, denn wo käme die Menschheit schließlich hin, wenn sie fortan nur noch gemäß den Emotionen leben würde, mit ihnen denken und handeln wollte. Nirgends käme die Menschheit damit hin, die Menschheit würde untergehen, kaum dass auch nur die kleinste schlechte Emotion aufkäme, das ließ sich schließlich am besten an der Ehe der Eltern sehen, denn wo hatte die Gefühlsseligkeit der Mutter sie schon hingebracht, nirgends hatte sie dieses Gejammer hingeführt, außer vielleicht in die Rolle des Opfers, in die Rolle derjenigen, die es nicht schaffte, den Vater zu verlassen, und ihn erst verließ, als sie einen anderen Mann kennen lernte. Und weil sie diesen anderen Mann hinter dem Rücken des Vaters kennen lernte, war es doch wohl mehr als recht und billig, wenn der Vater die Mutter erneut als Hure beschimpfte, auch wenn der Vater sich daran später nicht so genau erinnerte, jedenfalls nicht an den genauen Wortlaut der Beschimpfung. Wie der Vater überhaupt wenige Erinnerungen der Tochter bestätigen kann, wie auch der Bruder der Schwester nur wenig bestätigen kann, weil er sich immer aus allem herausgehalten hatte. Denn was ging es ihn schon an, dass die Tochter den Vater unmittelbar nach der Scheidung für selbstmordgefährdet hielt, was überdies völliger Blödsinn war, da der Vater sich nie umgebracht hätte, sondern ganz im Gegenteil nach der Scheidung nicht einmal einen Tropfen Alkohol anrührte. Zudem war Selbstmord nur etwas für schwache Charaktere, sagte der Bruder, sagte der Vater, sagten beide. Aber leider ist die Tochter eben ein solch schwacher Charakter, auch wenn der Vater das nicht einsehen will, weil er die Tochter als stark und fähig sieht, als jemanden, der ein Studium zu Ende gebracht hat. Und aus dem Mund des Vaters klingt das Alles auch sehr plausibel, so plausibel, dass die Tochter fast bereit ist, daran zu glauben, zumal sie doch lieber vernünftig wäre als emotional, lieber stark als schwach. Und also gibt sie sich große Mühe, so zu werden wie der Vater, der ein richtiger Lebemensch ist, was genau genommen ja auch den meisten Sinn macht, denn wofür wäre das Leben sonst gut, wenn nicht dafür, gelebt zu werden. Und der Vater ist schließlich das beste Beispiel, der Vater zeigt, wie man es macht, man reißt sich zusammen und dann geht es schon. Dass seine Leberwerte zunehmend schlechter werden, hat nichts mit dem Trinken zu tun, denn das Trinken hat der Vater im Griff, das kann er jederzeit lassen, das hatte er schließlich zur Genüge bewiesen. Hätte er das nicht gekonnt, wäre er schon viel früher dem Alkohol verfallen, nämlich als seine Frau und seine Kinder ihn verlassen und gegen ihn prozessiert hatten.

Heute ist der Vater glücklich, zumindest weitgehend, ganz glücklich wäre er, wenn es der Tochter endlich ein wenig besser ginge. Die Tochter also steht dem vollen Glück des Vaters im Weg, das er sich so mühsam erarbeitet hat, das Glück, wie das neue Leben, das er sich aufgebaut hat, wie die neue Frau, die er geheiratet hat, und die neue Tochter, die er sozusagen gratis zu der neuen Frau dazu bekommen hat. Und in diesem neuen Leben räumt der Vater der Tochter einen Platz ein, mehr noch, er bietet ihr ein Refugium in diesem neuen Leben, weil er ganz genau weiß, wie viel ein solches Refugium wert ist, und dass ein solcher Zufluchtsort genau das ist, was die Tochter am nötigsten braucht. Und weil er seine Tochter liebt, bietet er ihr einen solchen Hafen und nimmt ihr zudem alles ab, was man nur abnehmen kann, angefangen von der Abwicklung eines Autounfalls, bis hin zur Steuererklärung. Aber vergeblich, denn der Tochter ist nicht zu helfen, weil sie diesen alten Schmerz, der ja ein völlig überflüssiger Schmerz ist, nicht loslassen will. Bei jedem neuen Mann, den sie kennen lernt, das Gleiche, immer die gleiche Unfähigkeit, das Leben und die Liebe anzuerkennen. Das ist das Problem! Die Tochter kann weder das Leben noch die Liebe zulassen. Und weil sie weder das Leben noch die Liebe zulassen kann, schreibt sie einen Brief, schreibt, weil ohnehin schon zu viel gesprochen wurde, mit dem Vater und in der Analyse, die Tochter weiß Bescheid, drei Jahre lang, vier Stunden die Woche war geredet worden, mehr als genug. Die Tochter ist einfach unfähig, das Erkannte umzusetzen, unfähig zu leben, wie die Mutter, die trotz dieser Unfähigkeit zu leben noch immer lebt.

Ein älterer Schriftsteller

Ein älterer Schriftsteller wird zu einem Fernsehinterview eingeladen. Er soll darüber reden, warum er den ganzen Kulturrummel nicht länger braucht und wie er es geschafft hat, seine innere Ruhe zu finden.

Ich dachte immer: Warum druckt mich keiner? Warum druckt keiner dieses gottverdammte Buch? Dieses Buch, das ich immer und immer wieder umgeschrieben habe. Warum druckt kein gottverdammter Verleger dieses gottverdammte Buch? Dieses Buch, das ich seit Jahren bearbeitet habe, Seite für Seite. Warum druckt keiner diese Seiten? Diese Seiten, die ich immer und immer wieder neu geschrieben habe, so lange, bis kein einziger Satz mehr neben dem anderen stand. Kein Wort mehr, was es war. Einzig das gleiche Alphabet. Sechsundzwanzig Buchstaben.

Das ganze Buch eine einzige Mutation, und noch immer niemand, der es drucken wollte. Egal wie oft ich es umgeschrieben hatte, egal in welcher Reihenfolge die Buchstaben standen, keiner, der es drucken wollte. Weder vor Jahren, als ich mit dem Schreiben anfing, noch Jahre später, nachdem ich alles wieder und wieder umgeschrieben hatte, Satz für Satz. Vielmehr fiel es den Verlegern nicht einmal auf, dass ich das Buch umgeschrieben hatte. Die Absagen blieben die gleichen. Der Text passe nicht in das Programm, das habe nichts mit Qualität zu tun, man wünsche mir viel Glück.

Die Verleger erinnerten sich weder an meinen Text noch an meinen Namen. Keiner, der meinen Namen kannte. Jahrelang hatte weder ein Verleger meinen Text gedruckt noch sich an meinen Namen erinnert.

Zuerst dachte ich: Ich schreibe schlecht. Doch nachdem ich Satz für Satz die schlecht geschriebenen Sätze umgeschrieben, nachdem ich alle Sätze neu geschrieben hatte, und noch immer kein Verleger das Buch drucken wollte, weder in der ersten noch in der zweiten und auch nicht in der dritten Version, da dachte ich: Das Thema ist schlecht. Und ich schrieb nicht nur die Sätze um, sondern veränderte auch die Figuren und die Handlung, so lange, bis ich meinen eigenen Roman nicht mehr erkannte. Als ihn noch immer keiner drucken wollte, dachte ich: Ich bin schlecht. Und ich erinnerte mich an die Worte meines Vaters: „Entweder du bist Erster oder du bist Niemand." Erster oder Niemand. Und da half es nichts, die Sätze um und um zu schreiben.

Mein Text war umständlich. Und ich weiß nicht, ob er auch noch umständlich war, als er schließlich genommen wurde. Bestimmt war er es, denn der Verleger, der ihn nahm, war ebenfalls umständlich.

Der Roman erschien, nachdem wir den Text gemeinsam weitere Male umgeschrieben hatten. Nicht auszuschließen, dass der eine oder andere Satz dem einen oder anderen Satz der ersten Version entsprach.

Als das Buch in Druck ging, und ich es endlich geschafft hatte, musste ich erneut an meinen Vater denken. Ich war tatsächlich einmal Erster gewesen. Bei einem Singwettbewerb. Doch als mein Vater von diesem Sieg erfuhr, fiel ihm eine halbe Kartoffel aus dem Mund, und er verschluckte sich vor Lachen. „Bei einem Singwettbewerb", ächzte er, Tränen in den Augen, nachdem er die halbgekaute, aus dem Mund gefallene und wieder in den Mund gestopfte Kartoffel, mit einem Schluck Rotwein hinunter gespült hatte. „Mein Sohn hat bei einem Singwettbewerb gewonnen." Und er schob die nächste Kartoffel in den Mund.

Damals fing ich an, alles aufzuschreiben, wie ich später immer alles aufschrieb. Umständlich. So umständlich, wie ich später den Text schrieb, den keiner wollte, bis ich einen Verleger fand, der ebenso umständlich verlegte, wie ich schrieb.

Auf diese Weise zu einem Roman und einem Namen gekommen, sollte ich nun darüber sprechen. Ich wurde eingeladen und sollte sprechen. Nur weil ich einen Verleger gefunden hatte, der so umständlich verlegte, wie ich schrieb, nur weil ich besprochen, eingeladen und wieder besprochen wurde, nur weil mein Name sich eingeprägt hatte, und ich so viele Romane schreiben konnte, wie ich wollte, so umständlich wie ich konnte, nur deswegen sollte ich nun darüber sprechen, nur deswegen wurde ich eingeladen und sollte erklären, warum ich den ganzen Kulturrummel nicht länger brauche, sollte erklären, wie ich es geschafft hatte, meine innere Ruhe zu finden.

Über das Umschreiben des Textes waren so viele Jahre vergangen, dass aus mir ein so genannter älterer Schriftsteller geworden war, einer, von dem man annahm, er habe seine innere Ruhe gefunden und brauche den ganzen Kulturrummel nicht länger.

Die Einladung in der Hand frage ich mich: Warum druckt mich einer?

Der Tag, an dem die Vögel vierstimmig sangen

Der Tag, an dem die Vögel vierstimmig sangen, war zugleich der Tag, an dem Picasso erinnerte, dass er der Mann mit der eisernen Maske war, der Zwilling Ludwig des XIV., der machtgierig das alleinige Erbrecht auf den französischen Thron in Anspruch nahm und Picasso, seinen Bruder, in der französischen Festung Pignerol in Haft setzen ließ.

Schon oft hatte Picasso das Gefühl gehabt, in seinem Leben gebe es einen blinden Fleck, etwas Dunkles, ein Geheimnis. Doch erst im Alter von achtzig Jahren, in der Nacht vor dem Tag, an dem die Vögel vierstimmig sangen, war das Gefühl zur Gewissheit geworden.

In dieser Nacht hatte er eine Vision. Ihm erschien die französische Festung Pignerol mit ihren Zinnen, hinter denen er, die eiserne Maske vor dem Gesicht, auf und ab ging. Die durch die Maske verursachten wunden Stellen auf den Jochbeinen schmerzten, als trage er die Maske noch immer, und der Schweiß lief ihm übers Gesicht.

Am nächsten Morgen entdeckte Picasso auf dem Flohmarkt am Ufer der Seine eine eiserne Maske. Eine höhere Macht musste sie ihm in die Hände gespielt haben, um seinen Glauben an die nächtliche Vision zu stärken.

Während der Gefangenschaft hatte Picasso die Wände seines Kerkers bemalt. Bilder waren entstanden, die jedoch unwiederbringlich verloren waren, weil sein Bruder, Ludwig XIV., die Wände des Kerkers mit weißer Farbe übertünchen ließ, um Picasso, seinen Zwilling, aus dem Gedächtnis der Menschheit zu tilgen.

Die nach Picassos Flucht aus der Festung verlautbarten Meldungen, bei dem Geflohenen handele es sich um General Vivien de Bulonde, einen Kriegsverbrecher, der im

Kampf seine Munition und seine verwundeten Soldaten zurück gelassen und auf diese Weise den Feldzug gegen Österreich gefährdet hatte, waren nichts als Lügen. Verleumdungen Ludwig des XIV., in die Welt gesetzt, um den zweiten Sohn Ludwig des XIII. von der rechtmäßigen Thronfolge auszuschließen. Die Leugnung seiner Existenz war so vollständig, dass selbst Picasso nicht mehr um seine Herkunft wusste, bis zu jenem Tag.

Wie im Wahn griff er zu Leinwand und Pinsel und machte sich daran, die Bilder, die während seiner Inhaftierung entstanden und später übermalt worden waren, zu reproduzieren.

Er malte wie ein Besessener, und als ihm die Leinwände ausgingen, zerriss er alle im Haus befindlichen Bettlaken und malte weiter.

Die Bilder würden eine Sensation werden, mit ihnen würde Picasso an den Erfolg der Bilder von Guernica anknüpfen, endlich würde er wieder in aller Munde sein, er würde sein Recht auf den französischen Thron geltend machen, ein neues Leben, ein wunderbares Leben würde seinen Anfang nehmen.

Als Maria mit dem Essen kam, schickte Picasso sie weg. Er brauchte weder Essen noch Schlaf, er hatte alles, was er brauchte.

Nachdem Picasso die Geliebte weggeschickt hatte, erinnerte er sich an einen Brief, den sie ihm vor nicht allzu langer Zeit geschrieben hatte. „Man erzählt mir, dass Du schreibst. Bei Dir halte ich alles für möglich. Wenn Du mir eines Tages erzählen solltest, Du hättest die Messe gelesen, so werde ich Dir auch das glauben." Jetzt stand das Geschriebene auf dem Prüfstein, jetzt würde sich erweisen, ob Maria Picasso de Ruiz ihre Worte sorgsam gewählt hatte, und wie weit ihr Glaube reichte.

Im Garten sangen die Vögel noch immer vierstimmig, und Picasso malte, bis es im ganzen Haus kein einziges Laken mehr gab.

König oder Bettelmann

Ganz still saß er mit seinem kalten glitschigen Hinterteil auf ihrer Hand und starrte sie an. Der Gedanke, er könne eine fadendünne braungelbe Wurst absetzen, ekelte sie. Am liebsten hätte sie ihn fallen lassen, doch solange er sie anstarrte, konnte sie das nicht, denn dann hätte sie verloren. Als Kinder hatten sie immer König oder Bettelmann gespielt. König war derjenige, der dem Blick des anderen länger standhielt, der Verlierer war der Bettelmann.

Susannes ausgestreckter Arm fing an zu zittern, und als sie glaubte, den Frosch nicht länger halten zu können, öffnete sich die Tür des Schuppens und der Frosch sprang von ihrer Hand.

Susanne drehte sich nicht um, unverwandt blickte sie den Frosch an, der nur wenige Zentimeter vor ihren Füßen sitzen geblieben war. Jemand war hinter sie getreten, Susanne konnte ihn riechen, und als er anfing zu sprechen, spürte sie seinen stoßweise austretenden Atem.

Der Frosch duckte sich und verschwand hinter einem Regal. Königin, dachte Susanne. Königin!

„Was machst du hier?", fragte eine ungeduldige Stimme in ihrem Rücken. „Du gehörst ins Bett. Es ist unter Null." Susanne ließ zu, dass Hans ihre Hand nahm, sie vor den Schuppen führte und von dort über den Rasen zur Terrasse schleppte. Als Kind hatte Susanne eine Puppe gehabt, Hilde, die hatte sie auf ganz ähnliche Weise hinter sich hergezogen, an einem Arm und ohne sich nach ihr umzudrehen. „Kann man dich nicht mal eine Minute lang alleine lassen?", fragte Hans mit vor Ärger kantigem Gesicht, bevor er sich bückte und die Schnürsenkel ihrer Schuhe löste. Susanne hätte nichts weiter tun müssen, als aus den Schuhen zu steigen und einen Schritt zu machen, und schon hätte sie auf dem weichen taubenblauen Wohnzimmerteppich gestanden. Doch ihre Beine zitterten so, dass sie sich nicht bewegen konnte, keinen Zentimeter. Schließlich stieß Hans sie über die Türschwelle ins Wohnzimmer, und Susanne landete auf allen Vieren vor der Couch.

„Ich bin am Ende", erklärte Hans. „Irgendwann ist selbst der geduldigste Mensch am Ende. Ich habe wirklich alles getan." Und er zählte auf, was er alles getan hatte. Er war nicht mehr zum Skat spielen gegangen, nicht mehr zum Angeln, und Squash hatte er auch lange nicht mehr gespielt. „Aber es reicht wohl nicht, dass ich dir morgens, mittags und abends das Essen ans Bett bringe", herrschte er sie an. „Du willst ganz einfach nicht gesund werden. Das ist das Problem. Du bist das Problem! Du willst dir nicht helfen lassen. Dir ist nicht zu helfen."

Dabei hatte alles völlig harmlos angefangen, eine ganz normale Grippe. Susanne nahm nie Tabletten, doch Hans hatte sie dazu überredet. „Ein neues Medikament gegen Grippe", hatte er gesagt. „Es bewirkt wahre Wunder. Die Ärzte sind begeistert." Zuerst hatte Susanne abgelehnt. „Du weißt doch, ich nehme nie Medikamente", hatte sie gesagt. „Klar. Schon klar", hatte Hans giftig entgegnet. „Für dich bin ich eben nur ein kleiner Pharmavertreter. Ein Niemand. Auf den zu hören sich nicht lohnt." „Aber Hans", hatte sie sanft gesagt. „Damit hat das doch gar nichts zu tun. Es ist nur ..." „Schon klar. Ist schon klar", war er ihr ins Wort gefallen. „Ich bin für dich eben nur ein Mensch zweiter Klasse. Bring halt nicht so viel Geld nach Hause, wie ein Arzt. Weiß sowieso nicht, warum du dir einen Versager wie mich ausgesucht hast." Es war nicht die erste Diskussion dieser Art, und um weiteren Streit zu vermeiden, hatte Susanne die Tabletten schließlich geschluckt. „Wird mir sicher gut tun", hatte sie gesagt und gehofft, Hans damit zu erfreuen. Sie hatte es mit einem Lächeln versucht, Hans hatte ebenfalls gelächelt, wenn auch etwas schief.

Mit jedem Tag jedoch, den Susanne die Tabletten nahm, ging es ihr schlechter, wurde sie müder. Hans bestand darauf, dass die Müdigkeit nichts mit den Tabletten zu tun habe. „Ein hartnäckiger Virus", sagte er, und Susanne war zu müde zum Widersprechen. Letztlich egal, dachte sie, ob ich gesund oder krank bin. Schlafen, das war alles, was sie wollte.

In der ersten Woche der Krankheit war Hans zu Hause geblieben. „Ich nehme mir Urlaub und pflege dich", hatte er gesagt. „In einer Woche bist du wieder auf den Beinen." Doch Susanne war nicht wieder auf den Beinen. „Ich kann nicht ewig zu Hause bleiben", sagte Hans am Ende der Woche und montags ging er wieder arbeiten. „Ich habe dir das Essen und die Tabletten gerichtet", sagte er und drückte ihr einen Kuss auf die Stirn. „In acht Stunden bin ich wieder bei dir", sagte er. „Schlaf ein wenig."

Dienstag, Mittwoch, Donnerstag und Freitag verliefen wie der Montag, mit einem einzigen Unterschied. Beginnend am Dienstag warf Susanne das Essen samt der Tabletten jeden Mittag in die Mülltonne und zwar in die der Nachbarn, ohne dafür einen bestimmten Grund nennen zu können. Das Wundersame aber war, dass sie sich schon freitags deutlich gesünder fühlte, ja fast ein wenig heiter.

Samstag und Sonntag verliefen wie die Tage der ersten Woche. Hans servierte das Essen und die Tabletten, Susanne aß und schluckte und erlitt einen kleinen Rückfall.

Ab dem ersten Tag der dritten Woche warf sie die Tabletten nicht mehr weg, sondern sammelte sie. Auf der Suche nach einem geeigneten Versteck für die Tabletten geriet sie, als sie den Sprüngen eines Frosches folgte, in den Gartenschuppen. Gleich am ersten Tag nahmen sie und der Frosch ihr Spiel auf. Der Frosch ging rasch in Führung, bis zu jenem Tag, an dem Hans in den Schuppen trat. Genau an jenem Tag gelang es Susanne zum ersten Mal, einen Sieg über den Frosch zu erlangen. Die Tabletten hatte sie unterdessen in einer kleinen Dose gesammelt, die sie im Schuppen hinter dem Terpentin versteckte.

In der vierten Woche hatte Hans eine weitere Woche Urlaub genommen. Nicht auszuschließen, dass er das Essen in der Mülltonne der Nachbarn entdeckt hatte. Vielleicht war ihm aber auch aufgefallen, dass Susanne fröhlicher wirkte, selbst wenn sie sich bemühte, noch immer so erschöpft und krank auszusehen, wie am ersten Tag.

Als Hans Dienstagnachmittag zum Einkaufen ging, war Susanne in den Schuppen geschlichen. Der Frosch war zutraulich auf ihre Hand gesprungen, auf der er sitzen geblieben war, bis Hans in den Schuppen getreten war, sie über die Wiese gezerrt und über die Schwelle ins Wohnzimmer gestoßen hatte, wo sie auf allen Vieren gelandet und erst einmal sitzen geblieben war.

Sie hatte mit Blick auf den taubenblauen Teppich ausgeharrt, bis Hans sie in die Höhe gezogen und ins Bett gebracht hatte. Er hatte sie zugedeckt und ihr einen Kuss auf die Stirn gedrückt. „Ruh dich aus", hatte er gesagt, wie zu einem Kind und ihr eine Tablette in den Mund gesteckt, zudem ein längliches blaues Dragee. „Ich muss noch einmal los", hatte er gesagt. „Und wenn ich wieder komme, machen wir einen Spaziergang. Versprochen. Nur wir beide. Da freust du dich doch sicher." Susanne, ganz darauf konzentriert, das Dragee nicht aus Versehen zu verschlucken, hatte brav genickt.

Nachdem Hans das Zimmer verlassen hatte, nahm Susanne das Dragee aus dem Mund. Sie wartete ein paar Minuten, dann zog sie ihren Bademantel über, lief zum Schuppen, öffnete die Tür einen Spalt, schlüpfte hinein und griff nach der kleinen Dose, die noch immer hinter dem Terpentin stand und ließ sie in die Tasche ihres Bademantels gleiten.

Vom Garten aus ging sie direkt in die Küche. Sie wusste, wo sie zu suchen hatte. Hinter der Kaffeemaschine stand eine noch fast volle Flasche Rotwein. Hastig öffnete sie die kleine Dose und ließ die Tabletten einzeln durch den Hals in die Flasche fallen. Dann warf sie das längliche blaue Dragee hinterher und schüttelte die Flasche, bis die Tabletten sich aufgelöst hatten. Die Hülle des Dragees bildete Schlieren, und Susanne schüttete ein wenig Wein in den Ausguss, was die Schlieren allerdings nicht beseitigte. Aber sie musste das Risiko eingehen, konnte nur hoffen, dass Hans die Flasche nicht allzu genau ansehen würde.

Als sich der Schlüssel im Schloss der Eingangstür drehte, lag Susanne längst wieder im Bett. Hinter geschlossenen Lidern konnte sie förmlich sehen, wie Hans ihr das Abendessen richtete. Nach jedem Handgriff trank er wie immer einen Schluck Wein, Susanne wusste die dadurch entstehenden Pausen zu deuten, sie hatte lange genug Zeit gehabt, ihre Sinne für den kleinsten Laut, für den immer gleichen Ablauf zu schärfen.

Kurze Zeit später vernahm sie die vertrauten Schritte auf der Treppe. Die Treppe hatte zehn Stufen. Seit zwei Jahren lebten sie in diesem Haus, nie zuvor hatte Susanne die Stufen gezählt. Seit Hans für sie sorgte, zählte sie morgens, mittags und abends, mal lauter, mal leiser, zuweilen nur im Geist.

Am heutigen Abend zählte sie laut: „Eins." Pause. „Zwei." Sie kannte seinen Rhythmus. „Drei." Wusste, wann er Pausen machte. „Vier." Die Pause zog sich ungewöhnlich in die Länge, dann fiel Geschirr auf den Boden.

Langsam stand Susanne auf und zog ebenso langsam ihren Bademantel an. Sie trat auf die oberste Stufe und blickte in die Tiefe. Königin, dachte Susanne. Königin!

Geschlechtskreise

Auf Puppen zu schießen ist anders. Selbst auf bewegliche Puppen zu schießen ist anders, als auf Menschen zu schießen. Schießt man auf Menschen, wird das Gewehr schwer, und der Abzug klemmt.

Geschossen habe ich schon immer, mein ganzes Leben lang, aber immer nur auf Puppen. Bei den Puppen muss man die Kreise treffen, immer nur die Kreise. Es gibt Kreise auf dem Kopf, auf der Brust und auf dem Bauch. Oberer rechter Kreis: Leber, oberer linker Kreis: Milz, mittlere Kreise: Nieren, die Senkrechte durch den Bauchkreis: Hauptschlagader. Unter den Bauchkreisen befinden sich die Geschlechts-, darunter die Beinkreise. Die Unterschenkelkreise sind nur schwer zu treffen, ebenso wie die Fuß- und Handkreise. Trifft man die Fuß- oder Handkreise im Zentrum, sieht es aus wie eine Kreuzigung.

Theoretisch kann man auch auf die Zehen und Finger schießen, doch die sind schlecht zu treffen. Schon aus zehn Metern Entfernung sieht man sie nicht mehr.

Aber alle diese Kreise interessieren mich nicht. Was mich wirklich interessiert sind einzig die Kopf- und Geschlechtskreise. Wenn ich schieße, dann immer nur auf den Kopf oder das Geschlecht.

Schießen ist ähnlich wie Zähneputzen, man macht es einfach. Morgens und abends. Putzt man die Zähne nicht, verfaulen sie und fallen aus. Die Zähne liegen auf dem zweiten Kopfkreis von unten.

Schieße ich ohne Kopfhörer, hallen die Schüsse nach, bis in die Nacht hallen sie. Selbst im Traum schieße ich immer nur auf die Geschlechtskreise. Im Traum ist das Gewehr leicht, und der Abzug lässt sich ohne Widerstand durchziehen. Ich schieße auf die Geschlechtskreise, und die Schüsse hallen.

Auf Tiere habe ich auch schon geschossen. Ich rette sie vor der Müllverbrennungsanlage, dann schieße ich auf sie, anschließend vergrabe ich sie. Ein würdigerer Tod als die Verbrennungsanlage.

Auf Menschen habe ich noch nie geschossen, auch nicht auf Tote. Hätte ich es getan, so hätte ich gewusst, dass das Gewehr schwer wird, und der Abzug klemmt.

Ich schieße nur auf diejenigen, die aufstehen. Bei der ersten Frau auf den Kopfkreis. Bei den aufspringenden Tischnachbarn auf die Geschlechtskreise: zwei männliche. Einen Tisch weiter springen die Leute fast gleichzeitig auf, so dass ich Mühe habe, schnell genug zu schießen. Fünf Geschlechtskreise: drei weibliche, zwei männliche. Dann springt niemand mehr.

Einige haben sich unter die Tische gekauert. Bei den Kauernden sind die Geschlechtskreise nicht zu treffen. Nur eine Frau löst sich noch aus der Gruppe der Kauernden, kann nicht zurückgehalten werden und rennt gebeugt über den Platz, wobei ihr Oberkörper auf und ab wippt. Als er wieder nach oben kommt, schieße ich. Bis die Kugel die Frau erreicht, ist ihr Kopf schon wieder unten.

Das große Wüten

Sie hatte ihn erschossen, wenn auch nicht absichtlich, so hatte sie ihn doch erschossen. Hätte er sie in Ruhe gelassen, nichts wäre passiert. Hätte er nicht im letzten Moment versucht, ihr die Waffe zu entreißen, es wäre nichts passiert. Sie hätte die Waffe wie vorgesehen an die eigene Schläfe gesetzt und abgedrückt. Sie hätte an seiner Stelle gelegen, ein kleines Loch am Haaransatz.

Sich den Bauch aufzuschlitzen, dafür hatte ihr der Mut gefehlt, auch wenn es genau genommen der Bauch war, vor dem sie sich ekelte, ein Bauch voller Fett, ein fetter Bauch. Sie besaß mehrere Skalpelle, mit denen sie das Fett mühelos hätte wegschneiden können, doch sie hatte Angst gehabt, Angst vor den Schmerzen. Zudem ekelte sie sich vor Blut fast ebenso wie vor Fett. Hätte sie den Mut gehabt, sich den Bauch aufzuschlitzen, es wäre ein würdevoller Tod gewesen, eine Art letzter Ehrenrettung, wie das Harakiri bei den Japanern.

Sie hatte ihm verboten zu kommen. Hätte er auf sie gehört, er wäre noch am Leben. So aber lag er vor ihr, nicht einmal besonders geblutet hatte es. Die Kugel war in die Schläfe gedrungen, durch das Gehirn geglitten und auf der gegenüberliegenden Seite ausgetreten.

Er hatte überrascht gewirkt. Angst zu entwickeln war ihm keine Zeit geblieben. Auf seinem Gesicht nichts als Erstaunen, ungläubig sah er aus, er, der sonst ein so ernstes und weises Gesicht hatte, mit wenigen Falten und einem kleinen Leberfleck auf der Oberlippe, über den er immer mit der Zunge gefahren war, wirkte mit einem Mal zerbrechlich.

Auch in ihr breitete sich Ungläubigkeit aus, gepaart mit einem Gefühl der Ohnmacht, so stark, dass es für einen Augenblick sogar den Ekel verdrängte. Sie wusste nicht, was zu tun war. In der Psychiatrie anrufen und um Aufnahme bitten, die Polizei rufen, weglaufen und ihn alleine in der Wohnung zurück lassen? Aber was hätte das alles geändert? Nichts hätte das geändert, absolut nichts, jetzt da er tot war. Sie hätte die Pistole an die eigene Schläfe setzen und das Werk vollenden können. Doch selbst das schien ihr mit einem Mal sinnlos, so sinnlos wie ihr ganzes Leben. Essen, trinken und schlafen, längst keine natürlichen Vorgänge mehr. Sobald sie mit dem Essen anfing, musste sie weitermachen, immer weiter, bis der Schlaf kam, der nur kam, wenn sie Alkohol trank und Tabletten nahm. Unmengen von Alkohol, unzählige Packungen Tabletten. Alles außer Kontrolle. Schlafen, essen, leben.

Sie hatte sich immer einen sauberen Tod gewünscht, einen, der allen Ekel wegspülen sollte, einen, vor dem sich kein Mensch ekeln musste. Niemand sollte sich jemals so vor ihr ekeln, wie sie sich ekelte. Verbrennen wäre eine saubere Lösung gewesen, doch auch dazu hatte ihr der Mut gefehlt. Und jetzt stand sie vor ihm und wusste nicht, was zu tun war. Er war ihr Freund gewesen, der einzige, der wusste, wie es in ihr aussah, der wusste, dass das Wüten kein Ende haben würde, niemals.

Sie konnte nicht leben, nicht so, nicht mit diesem Ekel, das würden sie einsehen, die Polizisten, die Richter, die Anwälte, das mussten sie einsehen. Doch wozu überhaupt einen Anwalt, sie würde den Pflichtverteidiger akzeptieren, mehr nicht.

Sie hatte noch ein paar Schlaftabletten. Die nahm sie, dann legte sie sich neben ihn und breitete eine Decke über sich und ihn. Sie konnte nicht mehr denken, nur warten, warten, bis die Tabletten wirkten, das war alles, was sie konnte.

Morgen, ja morgen würde sie über alles nachdenken, vielleicht würde sie es morgen sogar fertig bringen, die Waffe ein zweites Mal anzusetzen, dort, wo sie hingehörte, wo sie schon beim ersten Mal hätte angesetzt werden müssen. Nur in diesem Augenblick, in diesem Augenblick, da hatte sie keine Kraft mehr.

Aus gutem Hause

Blass und aufrecht saß er an der Mahagonitafel und tupfte sich jedes Mal, nachdem er den Löffel zum Mund geführt hatte, mit der Serviette die Lippen. Eigelb gehörte nicht in die Mundwinkel, selbst dann nicht, wenn niemand es sehen konnte. Ebenso wenig gehörte es sich, das Ei mit dem Messer zu köpfen, was Maximilian ungleich praktischer schien, als es zuerst mit dem Löffel anzuschlagen, um die Schale dann in kleinen Stücken abzulösen, aber entscheidend war nicht Maximilians Meinung, entscheidend waren alleine die Regeln.

Während der Junge aß, tropfte ein wenig Eigelb auf sein Hemd. Eilig bemühte er sich, den Fleck mit der Serviette vom Hemd zu reiben, doch der Tupfen verwandelte sich lediglich in einen großen gelben Klecks. So etwas Blödes, dachte Maximilian und rieb nur noch heftiger.

„Guten Morgen, Herr Maximilian", grüßte ihn die Haushälterin, die soeben das Esszimmer betrat. „Möchten Sie noch etwas Tee?" Maximilian hielt inne, versteckte die Serviette unter dem Tisch und versuchte sich so auf dem Stuhl zurechtzurücken, dass die Haushälterin den Fleck nicht sehen konnte. Sie jedoch hatte den Fleck längst entdeckt. „Was haben Sie nur wieder angestellt", sagte sie seufzend, aber es klang nachsichtig, vielleicht sogar ein wenig belustigt. „Rasch nach oben", sagte sie. „Ziehen Sie sich ein frisches Hemd an, bevor Ihre Frau Mutter kommt." Ein klein wenig zerknirscht, gerade genug, um nicht zu widersprechen, stand der Junge auf und verließ das Zimmer.

Beim Abräumen des Tisches schmunzelte die Haushälterin. Sie war vernarrt in den Jungen und konnte nicht verstehen, dass Frau von Breitenstein ihn in ein Internat geben wollte. Wäre er ihr Sohn gewesen, sie hätte ihn nicht weggeschickt, niemals. Wie sollte er sich in einem Internat nur zurechtfinden, so ganz alleine unter Fremden. Mit einem Ruck zog sie die Decke vom Tisch und knüllte sie fest zusammen.

Maximilian saß auf seinem Bett. Er wollte weder ein frisches Hemd suchen noch dem Direktor des Internats vorgestellt werden. Desinteressiert ließ er seinen Blick über die Regale und Stangen des Ankleidezimmers gleiten. Er würde das Ankleidezimmer nicht betreten, alleine der Geruch nach Mottenpulver, ganz schwindelig machte der einen. Er würde einfach so lange auf dem Bett sitzen bleiben, bis die Haushälterin käme. Martha sollte ihm ein frisches Hemd geben, sie alleine wusste, wo die Hemden zu suchen waren.

Trübsinnig starrte er aus dem vergitterten Fenster. Mit sechs Jahren hatte er versucht, vom Fenstersims aus in den gegenüberliegenden Baum zu springen. Dort hatte ein Eichhörnchen gesessen, ein kleines rostrotes mit einem buschigen Schwanz. Maximilian liebte Tiere, die Mutter dagegen verabscheute Tiere. „Nichts als Dreckmacher und Krankheitsüberträger", pflegte sie zu sagen, wenn Maximilian darum bettelte, einen Hund oder ein Meerschweinchen zu bekommen. Er hatte ganz einfach das Fenster geöffnet, war auf das Sims geklettert und gesprungen. Seine Hände hatten den nächsten Ast nur knapp verfehlt. Er war in die Tiefe gestürzt und hatte sich eine Gehirnerschütterung zugezogen und seinen rechten Arm gebrochen. Seither konnte er den Arm nicht mehr richtig wenden, was ihn allerdings nicht weiter störte, für den Alltag war die Beweglichkeit seines Armes vollkommen ausreichend, einzig Geige spielen konnte er mit diesem Arm nicht mehr, aber Geige spielen hasste er sowieso. Zwei Wochen lang hatte er wegen der Gehirnerschütterung das Bett hüten und dabei zusehen müssen, wie die schwarzen verschnörkelten Gitter vor seinem Fenster angebracht wurden.

„Maximilian!", rief die Haushälterin empört. „Sind Sie noch nicht fertig?" Maximilian wusste, dass die Entrüstung nur gespielt war, zugleich strich Martha ihm nämlich liebevoll über den Kopf. „Es ist zwei Minuten nach acht Uhr. Sie wissen wie ungeduldig Ihre Frau Mutter werden kann." Maximilian nickte. „Ich konnte kein frisches Hemd finden", sagte er. „Kein frisches Hemd!", rief Martha. „Nun hör sich das einer an. Der ganze Schrank ist voller frischer Hemden. Sie wollen mir doch wohl nicht weismachen, dass die sich in Luft aufgelöst haben?" Maximilian schüttelte den Kopf. Nein, das wollte er nicht. Er wusste, dass er mit so etwas bei Martha keine Chance hatte.

Die Haushälterin betrat das Ankleidezimmer und kehrte mit einem frisch gestärkten weißen Hemd zurück. Maximilian wechselte das Hemd, und Martha verschwand erneut im Ankleidezimmer. Von einer Stange nahm sie ein Jackett und reichte es dem Jungen. „Ziehen Sie das an", sagte sie. „Da freut sich Ihre Frau Mutter und sieht vielleicht über die kleine Verspätung hinweg." Martha half ihm in das Jackett. Wie Zwangsjacken waren diese Jacketts, völlig steif, überdies kratzten sie. Doch wenn Martha ein Jackett für angemessen hielt, dann zog Maximilian eben ein Jackett an.

Seine Mutter wartete am Fuß der Treppe auf ihn. Sie trug ein hellblaues Kostüm mit einem kurzen Rock, der ihre schlanken Beine bis über die Knie unbedeckt ließ, dazu einen modischen schwarzen Hut. Die Farbe des Kostüms passte hervorragend zu ihren Augen, die gefährlich funkelten. „Wo bleibst du nur wieder!", herrschte sie den Jungen an, noch bevor dieser am Fuß der Treppe angelangt war. „Nicht einmal, wenn wir einen wichtigen Termin haben, kannst du pünktlich sein." Sie schluckte zweimal kurz hintereinander, wie immer, wenn sie aufgeregt war. „Wir machen das alles nur für dich", sagte sie. „Hörst du? Nur für dich. Ich brauche das nicht!" Maximilian hätte am liebsten gesagt, dass auch er das nicht brauche, doch er wusste, dass in solchen Augenblicken jedes Wort zu viel war. Die Mutter schluckte erneut zweimal schnell hintereinander. Mit verhaltener Stimme presste sie hervor: „Benimm dich gefälligst." Gästen gegenüber war die Mutter immer sehr charmant und witzig, ein liebenswerter, blonder Engel. Doch Maximilian gegenüber zeigte sie ihr wahres Gesicht. Sie packte ihn am Handgelenk, an dem, das gebrochen gewesen war, und schüttelte ihn. „Wie kannst du einen so wichtigen Termin aufs Spiel setzen?", fragte sie scharf und leise, so dass es wie das Zischen einer Schlange klang. Ihre Stimme wurde nie laut, immer nur scharf. „Kannst du mir das sagen?" Maximilian schwieg. Seine Mutter wollte keine Antwort, das wusste er, sie wollte sich nur ihres Ärgers entledigen. „Du weißt genau, wie viel Mühe es mich gekostet hat, diesen Termin zu arrangieren", sagte sie. „Das Internat ist eine der besten Adressen, und deinem Vater liegt sehr viel daran, dass du dort zur Schule gehst." Maximilian versuchte, sich ihrem Griff zu entwinden. Das war nicht fair. Sollte die Mutter schimpfen, so viel sie wollte, den Vater sollte sie aus dem Spiel lassen. Damit wollte sie Maximilian nur verletzen, weil sie eifersüchtig war, dass er den Vater mehr liebte als sie.

Die Eltern stritten oft. Nachts, wenn die Einsamkeit am größten war, flossen ihre Stimmen unter der Tür in Maximilians Zimmer, und obwohl er sich die Finger in die Ohren steckte und die Decke über den Kopf zog, konnte er sie hören. Früher hatte er deswegen oft nicht schlafen können, und wenn er dann schließlich einschlief, hatte er oft Albträume.

In einem der Träume saß er in einem Schulbus. Die Kinder liefen wild durcheinander und kletterten über Maximilian hinweg, als sei er gar nicht anwesend, als sei er unsichtbar. Maximilian saß ganz ruhig, die Augen starr geradeaus gerichtet. Doch plötzlich war der Platz des

Busfahrers leer, und obwohl Maximilian von einer schrecklichen Panik erfasst wurde, bemühte er sich, ruhig aufzustehen und nach vorne zu gehen. Weil er im Sitzen weder das Lenkrad noch die Pedale erreichen konnte, blieb er vor dem Fahrersitz stehen und umfasste das Lenkrad mit beiden Armen. Um etwas sehen zu können, musste er den Kopf in den Nacken nehmen. Sie fuhren in einer hügeligen, kurvenreichen Landschaft. In jeder Kurve musste Maximilian das Lenkrad mit seinem ganzen Gewicht drehen. Kaum dass er es wieder ausgerichtet hatte, kam auch schon die nächste Kurve. Immer schneller kamen die Kehren, und Maximilian hatte das Lenkrad noch nicht richtig zu der einen Seite gerissen, als er es auch schon wieder zu der anderen reißen musste. Völlig außer Atem erblickte er in der Ferne eine Gerade. Zwei Kurven noch, dann hatte er es geschafft. Die erste Kurve kam, der Junge klammerte sich an das Lenkrad und stemmte es herum, doch die zweite Biegung folgte so schnell, dass der Bus über die Straße ins Gras und den Hügel hinunter schoss. Maximilian versuchte zu bremsen, aber vergeblich, die Pedale funktionierten nicht, ließen sich ohne Widerstand bis zum Boden durchdrücken. Der Bus schwankte, fuhr erst auf drei, dann auf zwei Rädern, kippte schließlich, überschlug sich und blieb auf dem Dach liegen. Es war ein roter Bus, und es war sehr still.

Seit ein paar Wochen, kurz nach seinem zwölften Geburtstag, hatte Maximilian angefangen, von einer Frau mit vollen Lippen und weichen Brüsten zu träumen. Im Traum hielt die Frau ihn fest umschlungen und murmelte leise etwas in sein Ohr. Maximilian verstand zwar nicht, was sie sagte, aber das schien auch nicht weiter wichtig, einzig die Geborgenheit, die er in den Armen dieser Frau verspürte, zählte, und die Tatsache, dass er am nächsten Morgen seltsam beglückt erwachte. Auf den ersten Traum dieser Art waren mehrere traumlose Nächte gefolgt. So sehr Maximilian sich danach sehnte, die Frau möge wieder in seinen Träumen erscheinen und ihn in die Arme schließen, so wenig Einfluss hatte er darauf. Jeden Abend versuchte er, die Frau in seine Träume zu locken, indem er vor dem Einschlafen besonders intensiv an sie dachte, aber vergeblich. Nach den traumlosen Nächten folgten zwei Nächte, in denen der Traum wiederkehrte. An den Morgen nach den Träumen erwachte Maximilian verschwitzt und erregt, mit einem feuchten Fleck im Schritt seiner Schlafanzughose. Aus Angst, Martha könne den Fleck entdecken und ihn dann nicht mehr mögen, wusch er den Fleck unter fließend kaltem Wasser aus der Hose.

„Maximilian!" Undeutlich drang die Stimme seiner Mutter in seine Gedanken, und er verspürte ihren spitzen Ellenbogen in seiner linken Seite. „Ich rede mit dir." Er murmelte etwas, das man für eine Entschuldigung halten konnte. „Was wirst du ihm sagen?", fragte die Mutter, während sie ihn unverwandt fordernd anblickte. Maximilian hatte keine Ahnung, wovon seine Mutter sprach. „Antworte wenigstens", sagte sie streng. „Wem?", fragte der Junge leise. „Herrn Dr. Schweiger", sagte die Mutter, wobei sie jede Silbe einzeln betonte. „Was soll ich ihm denn sagen?", fragte Maximilian unglücklich. Er wusste es nicht, wirklich nicht. Schließlich konnte er dem Direktor unmöglich sagen, dass er auf keinen Fall in das Internat aufgenommen zu werden wünschte. Die Mutter trommelte mit den Fingern auf die Armlehne. „Ich sage ... also ich sage", stotterte Maximilian. „Ich werde dem Direktor also sagen, dass ich ... dass ich gerne komme ..." Die Worte schienen quer in seinem Hals zu stecken. „Dass ich komme", wiederholte er, ohne das Wort *gerne* noch einmal über die Lippen zu bringen. „Herr Dr. Schweiger wird dich für einen kompletten Idioten halten", bemerkte die Mutter erbarmungslos. „Und das zu Recht." Und einen Augenblick lang sah es ganz danach aus, als habe sie diesem Urteil nichts hinzufügen. Doch schließlich seufzte sie ergeben. „Du wirst Herrn Dr. Schweiger sagen, dass es dir eine Ehre ist, sein Internat besuchen zu dürfen", sagte sie ernst, wobei sie die Worte so deutlich artikulierte, als befinde sie sich bei einem Vorsprechen für eine Schauspielrolle. „Du wirst ihm sagen, dass du dein Bestes geben wirst, dich dieser Ehre würdig zu erweisen, und dass du alles daran setzen wirst, ihn nicht zu enttäuschen." „Ja", sagte Maximilian leise und hatte bereits vergessen, was er dem Direktor sagen sollte. Dann fiel ihm etwas ein. „Ich werde ihm sagen, dass ich Anwalt werden will wie Papa." Die Mutter runzelte missbilligend die Stirn, und Maximilian ärgerte sich, ihr so unbedacht seinen Herzenswunsch preisgegeben zu haben. „Ich hoffe nur, du kannst dir das Wesentliche bis zu dem Gespräch mit Herrn Dr. Schweiger merken", sagte sie, und dann schwiegen sie, bis sie die Einfahrt eines imposanten Herrenhauses erreichten.

Der Kies knirschte unter den Reifen, als sie die Auffahrt entlang fuhren. Sie hielten vor einer steinernen Treppe, deren Aufgang links und rechts von zwei steinernen Löwen flankiert war. Die Löwen sperrten die Mäuler auf, als gelte es, nicht erwünschte Besucher fern zu halten. Ein Mann in einem schwarzen Anzug und mit einem weißen Latz auf der Brust kam gemessenen Schrittes die Stufen nach unten. Die Mutter blieb so lange im Wagen sitzen, bis der Mann ihr den Schlag aufriss. Maximilian wusste, was als Nächstes folgen würde. Jeder Mann, der seine Mutter zum ersten Mal sah, starrte sie an, manchen fiel die Kinnlade herunter, Maximilian nannte das Verblödung ersten Grades, Verblödung zweiten Grades war, wenn die Männer versuchten zu reden und nur ein einziges Gestammel zustande brachten, Verblödung dritten Grades war schließlich, wenn die Münder der Männer wie Fischmäuler auf und zu schnappten, ohne dass ein Wort dabei herauskam. Seine Mutter schien das nicht zu stören, im Gegenteil, es schien ihr sogar zu gefallen. Maximilian fand diese Männer einfach nur idiotisch, andererseits konnte ihm eine solche Fixierung der Männer auf seine Mutter nur Recht sein, denn auf diese Weise achtete niemand allzu sehr auf ihn.

Kaum dass sie vor der Tür des Direktors angekommen waren, öffnete sich diese, als habe der Direktor schon ungeduldig auf sie gewartet. Zunächst sah Maximilian nur einen dicken Bauch, und es schien ewig zu dauern, bis sein Blick von dem Bauch über einen mächtigen Brustkorb den Hals entlang endlich das Gesicht des Mannes erreichte. Ein Gesicht mit aufgeworfenen Lippen, die in einem starken Kontrast zu einer spitzen Nase standen. Der Direktor erstarrte nicht beim Anblick der Mutter. „Guten Tag, Frau von Breitenstein", sagte er schlicht. „Schön, dass Sie gekommen sind." Vielleicht ist der Mann gar nicht so schlimm, dachte Maximilian. „Du bist also der Max", sagte der Direktor, und Maximilian wunderte sich, dass seine Mutter nicht wie sonst gegen diese unzulässige Verkürzung seines Namens protestierte. „Deine Mutter hat mir schon eine Menge von dir erzählt. Herzlich willkommen." Er reichte dem Jungen die Hand, und obwohl Maximilian klar war, dass er die dargereichte Hand längst hätte ergreifen müssen, zögerte er. „Herzlich willkommen", wiederholte der Direktor, als gelte es einem hängen gebliebenen Schauspieler das Stichwort für seinen Einsatz zu geben. Endlich ergriff Maximilian die Hand. Der Direktor schüttelte die kleine Hand des Jungen heftig, zu heftig, wie Maximilian fand. Nachdem der Direktor Maximilians Hand endlich wieder freigegeben hatte, machte er eine einladende Geste: „Bitte, nehmen Sie doch Platz", sagte er und rückte zwei Stühle zurecht.

Der Direktor und die Mutter plauderten über die Fahrt, das Wetter, ein neues Theaterstück, Bücher. Maximilian blickte in den Garten. Tiere konnte er keine sehen, nicht einmal Vögel. Bestimmt waren Tiere hier ebenso verboten wie zu Hause. Nichts als Dreckmacher und Krankheitsüberträger.

„Wann möchtest du kommen?", fragte Dr. Schweiger, und die Frage hing eine Weile unbeantwortet in der Luft.

„Er träumt mal wieder", sagte die Mutter. Doch Maximilian träumte nicht, wovon hätte er schon träumen können, in diesem angestaubten Zimmer mit den schweren dunklen Möbeln. „Wie wäre es mit nächster Woche?", fragte der Direktor, wobei er sich zu Maximilian beugte und dessen Knie berührte. „Das Schuljahr hat zwar schon angefangen, aber du bist ja ein guter Schüler." Er machte eine Pause, in der er der Mutter verschwörerisch zulächelte. „Das wäre dann also geklärt", sagte die Mutter. „Geh du schon mal zum Auto. Dr. Schweiger und ich haben noch einiges zu besprechen."

Während Maximilian zwischen den Löwen saß und Kieselsteine in die Auffahrt warf, überlegte er, was es da wohl noch zu besprechen gab.

Eine Woche später waren Maximilians Koffer gepackt, und die Mutter begleitete ihn ins Internat. „Benimm dich", sagte sie und ließ Maximilian mit seinem neuen Zimmergenossen alleine. „Hallo", sagte dieser. Er war ein rothaariger Junge mit Sommersprossen und Nickelbrille. „Ich bin der Robert. Und du?" „Maximilian", sagte er und starrte auf Roberts Lippen, auf denen beim Sprechen die Sommersprossen hüpften. „Also ich finde es klasse, dass du da bist", sagte Robert. „Alle haben jemanden im Zimmer. Jetzt habe ich endlich auch jemanden." Er blickte feierlich durch seine viel zu kleinen Brillengläser. „Ich bin schon ein halbes Jahr hier", sagte der Junge, und dann entstand eine Pause, in der beide bemüht waren, einander nicht anzusehen. „Spielst du Tennis?", fragte Robert schließlich, und Maximilian schüttelte den Kopf.

Maximilian hatte noch nie mit einem anderen Menschen in einem Raum geschlafen. Sein ganzes Leben lang hatte er immer nur alleine geschlafen. So sehr er zu Hause gewünscht hatte, die Frau möge wieder in seinen Träumen erscheinen, so sehr fürchtete er jetzt eben diese Träume, aus denen er schweißgebadet erwachte, und dass Robert die Flecken auf seiner Schlafanzughose zu sehen bekäme. Bestimmt würde Robert ihn auslachen. Er würde über ihn lachen und es in der ganzen Schule erzählen. Alle würden lachen. Am liebsten wäre Maximilian auf der Stelle wieder nach Hause gefahren. Doch dann würden die anderen womöglich denken, dass er Heimweh hatte. „Max macht in die Hose und hat Heimweh", würden sie schreien.

Eine Glocke ertönte. „Au fein, Essen!", rief Robert und rieb sich die Hände. „Ich habe schon mächtig Hunger." Er griff nach Maximilians Hand. „Dann lernst du gleich die anderen kennen", sagte er, aber Maximilian hatte weder Hunger noch wollte er die anderen kennen lernen. Doch er hatte keine Wahl.

Der Speisesaal war riesig, viel größer als zu Hause. Herr Dr. Schweiger eilte auf ihn zu. „Hallo Max", sagte er. „Na, hast du dich schon ein wenig eingefunden? Bestimmt bist du mächtig aufgeregt." Er führte Maximilian an das Ende einer langen Tafel, an der lauter Jungen unterschiedlichen Alters saßen. „Ruhe bitte", sagte er mit erhobener Stimme. „Ich möchte euch euren neuen Mitschüler vorstellen." Er streckte Maximilians Hand in die Höhe. „Das ist Max. Er wird ab morgen am Unterricht teilnehmen. Seid nett zu ihm." Mit diesen Worten ließ er Maximilians Hand los und bedeutete ihm, sich mitten zwischen die Jungen zu setzen.

‚Wo kommst du her?' ‚Wo warst du vorher?' ‚Hast du eine Freundin?' ‚In welche Klasse kommst du?' Maximilian konnte den Kopf nicht schnell genug drehen, so rasch hintereinander prasselten die Fragen der Jungen auf ihn ein. „Nun lasst ihn doch erst einmal essen", sagte der Direktor. „Ihr werdet noch viel Zeit für alle eure Fragen haben, nicht wahr, Max?" Maximilian nickte, den Blick auf den Tisch geheftet, auf dem sich Wurst, Käse, Eier und Brot befanden. Maximilian schlug ein Ei mit dem Löffel an und löste die Schale in kleinen Stücken ab. Vor lauter

Aufregung vergaß er, mit der Serviette die Lippen abzutupfen, so dass ein wenig Eigelb in den Mundwinkeln hängen blieb.

Der Direktor beendete das Abendessen. „Nutzt die Stunden zum Studieren", sagte er, und Maximilian, der nichts zu studieren hatte, floh in den Garten. Die geschnittenen Hecken und Sträucher, die arrangierten Blumenrabatten, die kleinen Bäumchen und der frisch gemähte Rasen erinnerten ihn an zu Hause, und ihm wurde leichter. Ein schwacher Wind plusterte sein Hemd, im Gehen strich er über die kräftigen Blätter der Buchsbaumhecken und spürte, wie sie dem Druck seiner Finger nachgaben, um in ihre alte Form zurück zu schnellen, sobald die Hand sie verließ. Immer tiefer fuhr seine Hand in die Hecke, bis die Äste knackten und kleine Löcher entstanden. „Aber, aber", vernahm er eine Stimme hinter sich, und als er sich umdrehte, blickte er gegen den Bauch des Direktors. Herr Dr. Schweiger lächelte, und Maximilian wurde rot. „Bist du vor den anderen geflüchtet?", fragte der Direktor. „Das kann ich gut verstehen. Als ich so alt wie du war, da ging es mir genauso. Auch ich war in einem Internat, in einer Klosterschule, um genau zu sein. Und auch ich fühlte mich einsam, sehr einsam sogar. Fühlst du dich einsam?" Maximilian schüttelte den Kopf. Der Direktor blickte ihn lange an, ohne etwas zu sagen, dann strich er ihm über die Stirn und die Wangen. Über den ganzen Körper fuhr er mit seinen Händen. „Du hast sicher gemerkt, dass deine Mutter und ich uns kennen", flüsterte der Mann rau und packte Maximilian an den Schultern. „Sicher hast du auch gemerkt, dass deine Mutter und ich ... na, dass wir uns mögen." Er zog Maximilian ganz nah an sich heran. „Deine Mutter ist eine wunderbare Frau", sagte er, und obwohl Maximilian nicht dieser Meinung war, nickte er. „Genau wie du ein wunderbarer Junge bist", sagte der Direktor und wischte dem Jungen ein wenig Eigelb aus dem Mundwinkel.

Eine Weile standen sie so, und Herr Dr. Schweiger atmete schwer. „Geh schlafen. Schnell!", sagte er plötzlich mit merkwürdig gepresster Stimme und stieß den Jungen heftig von sich.

Rosa in Ungarn

Herrn Schlupfs Kopf fiel von rechts nach links und zurück. Rosa betrachtete eine fast kahle Stelle am Hinterkopf, dort, wo der Scheitel endete, zählte die kurzen borstigen Haare und rutschte auf dem Rücksitz hin und her.

Ungarn! Wie es dort wohl sein würde? Herrn Schlupfs Kopf sackte nach vorne, Rosa stellte sich vor, wie sein Kinn Falten schlug, von denen schwarze Bartstoppeln, kleinen Sendeantennen gleich, abstanden. Der Nasenflügel klebte an der Seitenscheibe, für Vorbeifahrende ein dunkles Loch.

Herr Fähndel bremste scharf. Rosas Kopf schnellte nach vorne, befand sich kurz in einer Reihe mit den Köpfen der Kollegen auf den Vordersitzen und wurde wieder zurück gerissen. „Entschuldigung", murmelte Herr Fähndel. „Muss wohl abgerutscht sein." Ruckend beschleunigte der ockerfarbene Opel, bis er seine Ausgangsgeschwindigkeit wieder erreichte.

Herrn Schlupfs Kopf war auf die linke Schulter gefallen, Rosa blickte in sein Ohr und durch die Haare des äußeren Gehörgangs auf eine graue teigige, gallertartig überzogene Masse. Das Gehirn, dachte Rosa, als Herr Neubär sie aus ihren Überlegungen riss. „Ihr erstes Mal in Ungarn?", fragte er, und Rosa wandte sich dem dürren, kantigen Mann zu. „Ja, ja", sagte sie, wobei sie eifrig nickte. „Mein erstes Mal."

Rosa war erst einmal im Ausland gewesen, vor fünf Jahren, als sie eine entfernte Verwandte auf einem österreichischen Bauernhof besucht hatte. „Mein erstes Mal", wiederholte sie, doch Herr Neubär blickte längst wieder aus dem Fenster.

An der deutsch-österreichischen Grenze mussten sie ihre Pässe zeigen. Rosa schämte sich, auf dem Passfoto wirkte sie irgendwie steif, fast ein wenig bürgerlich. Herr Neubär suchte seinen Ausweis in den Hosentaschen, betastete die Hemdtasche, nahm den Mantel von der Hutablage und suchte in den Innen- wie den Außentaschen. „Das gibt's doch nicht. Das kann ja gar nicht sein. Ich bin mir aber ganz sicher. Ich habe ihn eingesteckt", brummte er und stieg aus, um die Suche im Kofferraum fortzusetzen. „Verdammt, ich bin mir aber ganz sicher, dass ich ihn eingesteckt habe. So ein Ausweis verschwindet doch nicht einfach so." Nacheinander zog er Hemden, Hosen, Socken und weiße Feinrippunterhosen mit Eingriff aus dem Koffer, Rosa blickte in eine andere Richtung. Der Ausweis war nicht aufzufinden, sie mussten Herrn Neubär an der Grenze zurücklassen.

Um Mitternacht erreichten sie Budapest. Die Pension war klein, von den Wänden blätterte der Putz. Rosa hoffte, keine Wanzen unter der Bettdecke zu finden. Herr Schlupf regte an, sie könne ein Doppelzimmer mit Herrn Wängerich nehmen. „Nachdem Herr Neubär ja nun ausgefallen ist", sagte er. Rosas Mund fühlte sich trocken an, und während sie nach Spucke und einer passenden Antwort suchte, klopfte Herr Schlupf ihr auf die Schulter. „Ein Scherz, Frau Rösling", dröhnte er. „Ein Scherz."

Rosa schlief gut. Alleine in einem Bett ohne Wanzen und Herrn Wängerich. Am nächsten Morgen betrat sie erholt den Frühstücksraum. Ihr unsicherer Gang war den hohen Absätzen geschuldet, die sie ebenso wenig gewohnt war wie das geblümte Kleid, das sie trug. Zum Frühstück wurde Gulasch und Knoblauchwurst serviert, Rosa nagte an einem Brötchen. So hatte sie sich Ungarn nicht vorgestellt.

Sie fuhren zu ihrem ersten Geschäftstermin. Die Gastgeber begrüßten sie mit kräftigem Handschlag und führten sie in einen kleinen Raum mit einer niedrigen Decke. In der Mitte des Raumes stand ein rechteckiger Tisch, um ihn herum acht Holzstühle, an der Wand ein Sideboard, darüber hing ein Bild von Rakosi, zwei Wände waren kahl, in die vierte hatte man schmale Fenster eingelassen, durch die nur wenig Licht drang. Rosa saß steif auf ihrem Stuhl und hoffte, dass die rauen Stuhlbeine keine Laufmaschen in ihre Strumpfhose reißen würden. Kaffee gab es keinen, dafür Schnaps, der großzügig aus braunen, nicht etikettierten Flaschen in stumpfe Wassergläser geschenkt wurde. Man prostete sich zu, Rosa nippte. Warm strömte der Alkohol in ihre Mundhöhle, brannte auf der Zunge, strömte die Speiseröhre nach unten. Sie schloss die Augen, schluckte nach und stellte das Glas vorsichtig auf den Tisch. Bemüht, der englischen Unterhaltung zu folgen, biss Rosa sich unentwegt auf die Unterlippe, während sich Seite für Seite des Notizblocks mit ihrer ordentlichen Handschrift füllte. Immer wieder musste sie die Aufzeichnungen unterbrechen und anstoßen. Sie hob das Glas, nippte, stellte es ab, schrieb, hob erneut das Glas, nippte, stellte es wieder ab und schrieb weiter. Nach einiger Zeit glühten ihre Wangen, und als sie das nächste Mal zum Anstoßen aufgefordert wurde, hob sie abwehrend die Hände. „Sie wollen unsere Gastgeber doch wohl nicht vor den Kopf stoßen!", empörte sich Herr Schlupf, und weil Rosa nichts weniger wollte als die Gastgeber vor den Kopf stoßen, trank sie. Während sie noch den letzten Satz notierte, wurden die Gläser erneut angehoben, und man trank auf den gelungenen Geschäftsabschluss. Die Gläser leerten sich in einem Zug, nur Rosas nicht. Ein pauswangiger Ungar füllte erneut sein Glas und prostete Rosa zu. Diese holte tief Luft, setzte das Glas an die Lippen und leerte es.

Beim Gehen hatte Rosa das Gefühl zu schwanken. Möglicherweise waren es aber auch die Kollegen, die wankten. Zu Mittag servierte man ihnen erneut Gulasch und Knoblauchwurst, Rosa nagte an einem Brötchen, wobei sie versuchte, eine auf dem Tisch stehende Blumenvase zu fixieren, mal hatte die Plastikrose vier, dann wieder fünf Blütenblätter. Rosa hätte sich gerne ein wenig auf ihr Bett gelegt, doch nach dem Mittagessen war bereits der nächste Termin anberaumt.

Dieses Mal war der Verhandlungstisch rund, und der Schnaps wurde in braune Gläser gefüllt. Rosa notierte nur noch jeden dritten Satz. Die Stimmen waren laut und der Raum heiß, und Rosa brauchte dringend frische Luft. Doch kaum dass sie vor die Tür getreten war, wurde ihr übel. Herr Wängerich, der selbst Mühe hatte, aufrecht stehen zu bleiben, stützte sie, und Rosa erbrach mitten auf den Bürgersteig.

Nach dem Abendessen besuchten sie einen Nachtclub. „Spitzenprogramm", hatte Herr Schlupf versprochen und seine Fingerspitzen geküsst. Der Club öffnete gerade, als sie eintrafen, und die Männer strebten an einen Tisch in unmittelbarer Nähe der Tanzfläche. Die Luft war stickig, die Männer tranken und erzählten obszöne Witze, und Rosa musste daran denken, wie sie sich als Kind immer die Ohren zugehalten hatte, wenn sie etwas nicht hören wollte. Schade, dachte sie. Schade, dass ich jetzt erwachsen bin. Zum Auftakt des Programms erschien eine Tänzerin und warf das Stoffdreieck, das ihre Scham bedeckte, von sich. Rosa wusste nicht, wohin sie blicken sollte und stopfte Nüsse aus einer auf dem Tisch stehenden Schale in den Mund. Die vierte Darstellerin schließlich verließ die Bühne und bewegte sich Hüfte schwingend auf ihren Tisch zu. Langsam, mit der Zunge zwischen den Lippen, strich sie Herrn Schlupf über die Halbglatze, tänzelte zu Herrn Wängerich und entledigte sich mit schlangenartigen Bewegungen ihres roten Slips, den sie ein paar Mal in der Luft herumwirbelte und dann in Herrn Fähndels Richtung warf. Rosa starrte die ganze Zeit auf ihre Schuhspitzen und bemerkte erst sehr spät, dass die Tänzerin sich ihr genähert hatte und sich nun, die Hände in die Hüften gestützt, vor ihr aufbaute. Rosa schluckte, meinte zu ersticken. Die Tänzerin löste eine Hand von der Hüfte und griff nach Rosas Handgelenk. Die Ungarin war stark. Rosa hatte nicht genügend Kraft, sich zu wehren. Die Ungarin zog sie auf die Bühne. „Rosa vor, noch ein Tor", grölten die Kollegen. „Das wird ein Riesenspaß", johlte Herr Schlupf. Das letzte Mal, dass Rosa sich dermaßen kläglich gefühlt hatte, war nach ihrem Umzug in die Stadt. Sie versuchte sich zu wehren, ihre Bluse zerriss und ein weißer Büstenhalter kam zum Vorschein. Rosa verschränkte die Arme vor ihren Brüsten. Die Ungarin zerrte ihr den Rock vom Leib, die Kollegen tobten. Herr Schlupf torkelte auf die Bühne, fiel vor Rosa auf die Knie und griff nach ihrem Schlüpfer. Er glitt ab, krallte sich an ihrem Oberschenkel fest und zog sie mit sich zu Boden. Panisch versuchte Rosa, sich seinem Griff zu entwinden und stieß gegen einen Barhocker, den die letzte Tänzerin auf der Bühne vergessen haben musste. Rosa bekam ein Stuhlbein zu fassen und riss den Hocker, mit einer Kraft, die sie nie bei sich vermutet hätte, nach oben und ließ ihn mit voller Wucht auf Herrn Schlupfs Kopf krachen. Herr Schlupf gab Rosa frei und fiel mit dem Kopf zwischen ihre Beine. Auf der Halbglatze prangte ein klaffender, längs gerichteter Riss, aus dem Blut pulsierte.

Beim zweiten Klingeln kommt der Gasmann

Isolde saß kerzengerade, die Beine parallel ausgerichtet, die Knie fest zusammen gepresst, die Hände im Schoß. Sie schwitzte. Bestimmt zeichnete sich der Schweiß auf ihrer frischen weißen Bluse ab, hässliche gelbe Flecken, direkt um die Nähte, Flecken, die sich nie wieder raus waschen ließen. „Die Ausstellung war vor drei Tagen", sagte Herr Nüßling, und Isolde versuchte ganz flach zu atmen. Vielleicht vergaß Herr Nüßling sie, wenn sie nur flach genug atmete. Sie hatte keinen Artikel, hatte am Tisch gesessen, die Informationsmappe neben sich, den leeren Bildschirm vor sich, hatte den Schirm angestarrt, ihn fixiert, aber vergeblich, kein Wort, kein einziges. Es war nicht schwer, einen Artikel zu schreiben. Seit Jahren schrieb Isolde Artikel. Es war keine große Kunst, einen Artikel für den Lokalanzeiger einer Lokalzeitung zu schreiben. Es war wie stricken, zwei links, zwei rechts, Nadeln wenden, zwei links, zwei rechts, keine komplizierten Muster, einfaches Patent, für eine Lokalzeitung war ein einfaches Patent völlig ausreichend.

Letzte Woche hatte ein Zettel im Flur des Mietshauses, in dem Isolde seit zehn Jahren wohnte, gehangen, auf ihm die Anweisung, dass die Mieter dafür zu sorgen hätten, dass am Montag, den 15. Dezember, in der Zeit von acht bis zehn jemand in der Wohnung zu sein habe, damit die Zähler abgelesen werden könnten. Isolde hatte sich einen Tag Urlaub genommen. Ab sieben Uhr dreißig saß sie auf einem Küchenstuhl. Der Zeiger der Küchenuhr rückte von Minute zu Minute vorwärts.

Drei Minuten nach acht klingelte es, und Isolde öffnete. „Gott sei Dank, dass Sie da sind." Es war Frau Kruse, ihre Nachbarin. „Wo doch heute der Mann von den Stadtwerken kommt", sagte sie und zog eine ihrer roten Locken in die Länge. „Ich muss zum Friseur." Sie lächelte gewinnend. „Ich mach das schon", sagte Isolde. „Nein, wirklich?", fragte die Nachbarin, wobei sich ihre Stimme um eine Oktave in die Höhe schraubte. „Ich kann Ihnen ja gar nicht sagen, wie dankbar ich Ihnen bin. Ich wäre ja gerne selber da, aber der Termin steht schon so lange fest, dass ich ihn unmöglich ..." „Das ist kein Problem", unterbrach Isolde den Redefluss der Nachbarin und nahm den Schlüssel entgegen, den diese ihr reichte. Die Nachbarin stöckelte auf pfenniggroßen Absätzen, die längst aus der Mode waren, die Treppe hinunter. Ich würde mir die Knöchel brechen, dachte Isolde, setzte sich wieder auf ihren Küchenstuhl und wartete.

Zehn Minuten nach acht klingelte es erneut. Vor der Tür stand ein schwer atmender Mann mittleren Alters mit einem nachlässig gepflegten Oberlippenbart. „Stadtwerke", sagte er und drängte samt Koffer in die Wohnung. „Erste Tür links", wollte Isolde noch rufen, doch der Mann war längst in der Küche. Vielleicht waren alle Wohnungen im Haus gleich geschnitten, möglicherweise waren alle Wohnungen in der Straße gleich geschnitten, vielleicht sogar die Wohnungen im ganzen Viertel, ein einziger Prototyp Wohnung in der ganzen Stadt. Isoldes Überlegungen wurden unterbrochen, als der Mann seinen Koffer auf den Tisch wuchtete. Die Metallknöpfe der Kofferunterseite kratzten über den Tisch, Eiche massiv, erst vor wenigen Monaten angeschafft.

Der Mann beugte sich über den Zähler. „Wissen Sie, es ist keine Freude, so behandelt zu werden", beklagte er sich mit gequetschter Stimme. „Schließlich mache ich nur meine Arbeit." Empört richtete er sich auf. Isolde nickte, auch wenn sie keine Ahnung hatte, wovon der Mann sprach. Er beugte sich erneut über den Zähler. Wie lange man ablesen kann, dachte Isolde, besser ich hätte die Zahlen selbst abgelesen. „Aber wehe es bleibt mal das Gas weg", sagte der Mann, als er mit hochrotem Kopf wieder auftauchte. Er befeuchtete die Spitze eines Bleistiftstummels, öffnete ein abgewetztes Notizbuch und notierte ein paar Zahlen. Dann stapfte er ins Wohnzimmer. „Man macht sich keine Vorstellung, wie es bei den Leuten alleweil aussieht", sagte er und schüttelte den Kopf. Isolde schüttelte ebenfalls den Kopf. Auch im Wohnzimmer notierte der Mann einige Zahlen in dem speckigen Büchlein, dann blinzelte er Isolde zu. „Da lob ich mir doch so Leute wie Sie", sagte er, und Isolde fühlte sich bemüßigt, den Fußboden zu mustern. „Das war's", sagte der Mann und eilte geschäftig zurück in die Küche. Er packte seine Tasche und zog sie über den Tisch, Metallknöpfe auf Eiche massiv.

Isolde begleitete den Mann ins Treppenhaus. Sie trat zu der gegenüberliegenden Tür und schloss auf. „Sie kommen mit mir?", fragte der Mann anzüglich. „Das ist aber nett." Sein Lachen hallte im Treppenhaus. Isolde ließ dem Mann den Vortritt und schlüpfte hinter ihm in die Wohnung der Nachbarin. In der ganzen Wohnung verteilt lagen Kleidungsstücke, ein Morgenmantel, dem Aussehen nach japanisch, ein beigefarbener Rock, ähnlich dem, den Frau Kruse am Morgen getragen hatte und eine rote Bluse. Auf dem Wohnzimmertisch standen leere Flaschen und volle Aschenbecher. Das Bett im Schlafzimmer war zerwühlt, auf dem Bett schwarze und rote Spitzenwäsche.

„Das gibt's doch nicht", sagte der Mann von den Stadtwerken, als er den Zähler ablas. Er griff unter die Heizung und zog ein Kondom hervor. Er hielt das Kondom zwischen Zeigefinger und Daumen in die Höhe und pfiff anerkennend. „Ei, ei", sagte er und trug es zu Isolde.

Isolde wehrte sich nicht. Frau Kruse wäre geeigneter gewesen, dachte sie, als sie die Tür der Nachbarwohnung abschloss und den Schlüssel wie vereinbart in den Briefkasten warf.

Der erste Schnee

Keine weiße Decke, die das Land winterlich kleidete, sondern Matsch, der von den vorbeifahrenden Autos an die Hosenbeine der Passanten gespritzt wurde. Auf dem seit zwei Tagen eröffneten Weihnachtsmarkt roch es nach Fett und Fritten, Ehemänner tranken Glühwein, Mütter stopften Lebkuchen in Kindermäuler, Plastikhimmel wurden über mit Wollmützen verpackte Kinderköpfe gezogen, Wagenräder zerpflügten Spiegelbilder.

Doris kaufte einen Lebkuchen. *Ich liebe Dich,* prangte es rosa und gelb auf dem Herz, der Kuchen war trocken und staubig. Sie kaufte einen Mohrenkopf. „Trauberum", sagte der Verkäufer, Doris' Gaumen sagte etwas anderes, die Masse war süß und pappig. Sie überlegte, Zuckerwatte zu kaufen, danach hatte sie sich als Kind immer gesehnt, doch heute, da sie so viel Zuckerwatte hätte essen können, wie sie wollte, da wollte sie nicht.

Ohne es zu bemerken, passierte sie die gleichen Stände ein zweites Mal. Sie dachte an einen Artikel, den sie am Morgen in der Zeitung gelesen hatte. *Tod durch übermäßigen Verzehr von Muskatnuss* hatte die Schlagzeile gelautet. Doris war zunächst nur das schlechte Deutsch aufgefallen. Zwei Schüler, beide tot. Es schien ihr unvorstellbar, dass ein Mensch so viele Plätzchen essen konnte, dass er daran starb.

Sie strich sich eine nasse Haarsträhne hinter das Ohr, und als sie die Stände zum dritten Mal passierte, kam sie zu der Überzeugung, dass es keinen Sinn machte, über den Weihnachtsmarkt zu laufen, pappige Lebkuchen zu essen, sich durchnässen zu lassen und Kinderseligkeiten nachzuhängen.

Ihre Wohnung, zwei Zimmer, Küche, Bad, lag nur wenige Häuserblocks entfernt, und schon nach zehn Minuten stieg Doris die hundertundacht Stufen in den fünften Stock hinauf. Im Flur zog sie die Schuhe aus und stellte sie auf ein Holzregal, auf dem bereits Winterstiefel, Stiefeletten und Halbschuhe standen. Sie schlüpfte in ihre Pantoffeln, hängte den Mantel auf einen Bügel, nass verlor er leicht die Form, zupfte ihr Kostüm zurecht und betrat die Küche. Sie würde backen. Einen Teil der Plätzchen würde sie ihrer Schwester schenken, den Rest der Plätzchen würde sie mit in die Apotheke nehmen. Frau Schleuth, die Inhaberin, und Marlis, die pharmazeutisch-technische Assistentin, waren geradezu süchtig nach ihren Plätzchen, und an Marlis' Kinder, die ihrer Mutter angeblich die Haare vom Kopf fraßen, musste auch gedacht werden. Sorgsam knetete sie den Teig. Mandelsterne, entschied sie. Ihre Mutter hatte ihr ein wunderbares Rezept hinterlassen. Bis vor einem Jahr hatte die Mutter noch selber gebacken, bis vor einem Jahr als alles noch ein bisschen weniger einsam gewesen war, als die Mutter und die Katze noch lebten, als die Katze beim Sprung auf die Fensterbank einen Blumentopf auf den Boden geworfen hatte, und Doris sich vor Schreck fast die Fingerkuppe abgerieben hätte. Bis vor einem Jahr war alles noch heller gewesen, bis beide starben, die Mutter unter einem Skalpell und die Katze unter einem Auto.

Doris versuchte sich zu konzentrieren. Sie schabte die letzten Mandeln in den Teig, rieb die Handinnenflächen gegeneinander und wusch sich die Hände. Dabei blieb ihr Blick an einem kleinen, weißen Döschen hängen. *Muskatnuss* stand in ihrer eigenen hoch aufgerichteten Schrift auf dem Etikett. Die Dose musste noch voll sein, Doris konnte sich nicht erinnern, jemals etwas davon benutzt zu haben. Sie wischte über die Spüle, fettete das Blech ein und rollte einen Teil des Teiges aus. Sie setzte die Schablonen auf den Teig und stach die Sterne aus, dann griff sie nach dem restlichen Teig, hielt kurz inne und ließ den Teig zurück in die Schüssel fallen. Sie holte Luft, nahm das kleine weiße Döschen vom Gewürzregal, schraubte den Deckel ab und kippte den gesamten Inhalt mit einer einzigen Drehung des Handgelenks in die Schüssel. Mechanisch knetete sie den Teig.

Die ausgekühlten Plätzchen legte sie sorgfältig in mit Servietten ausgeschlagene Blechdosen. Die Dose mit den Weihnachtsbäumen war für Marlis, die mit den Engeln für Frau Schleuth und die mit den Nikoläusen würde sie hinter den Ladentisch der Apotheke stellen. Doris naschte nie, das verdarb den Appetit, Frau Schleuth und Marlis hingegen schienen ausreichend Appetit zu haben.

Müde und zufrieden legte sie sich ins Bett und schlief so gut wie lange nicht.

Am nächsten Morgen überreichte sie die Dosen, die mit den Weihnachtsbäumen an Marlis und die mit den Engeln an Frau Schleuth. Die Dose mit den Nikoläusen stellte sie hinter den Ladentisch. Am Abend war sie leer.

Auf dem Rückweg kaufte Doris zwei Päckchen Muskatnuss und fing zu Hause erneut an zu backen. Sie mischte, rieb, knetete, stach Sterne aus und holte die fertigen Plätzchen aus dem Ofen. Sie packte die Plätzchen in kleine Tüten, die sie mit einer roten Schleife versehen vor die Türen der Nachbarn stellte.

Am nächsten Morgen klingelte bereits um sieben das Telefon. „Heute müssen Sie die Apotheke übernehmen", sagte Frau Schleuth. „Ich fühle mich nicht wohl. Die ganze Nacht habe ich mich nicht wohl gefühlt." Nachdem Doris aufgelegt hatte, klingelte das Telefon ein zweites Mal. Auch Marlis entschuldigte sich für diesen Tag.

Wie jeden Tag ging Doris in die Apotheke. Doch an diesem Morgen gehörte die Apotheke ihr alleine. Nur ihr! Und bevor sie die Ladentür für die Kundschaft öffnete, tanzte sie ein paar Mal durch den Raum.

Inhaltsverzeichnis

Abschied   5
Die Maske   23
Der gute Mensch von Auribeau   33
Morgen   39
Lass uns die Welt noch ein paar Tage ertragen   59
Die Stimmlosigkeit der Anna Maria Buche   63
Der Selbstmord des Albert Karl Linde   71
Keine Bleibe für Schnee   77
Ein älterer Schriftsteller   89
Der Tag, an dem die Vögel vierstimmig sangen   93
König oder Bettelmann   97
Geschlechtskreise   103
Das große Wüten   105
Aus gutem Hause   109
Rosa in Ungarn   121
Beim zweiten Klingeln kommt der Gasmann   127
Der erste Schnee   131

Erstveröffentlichung:

Rosa in Ungarn   (2001) In: Ventile
                   (2003) In: Der Literaturbote
Aus gutem Hause (2001) In: Darmstädter Dokumente 11

Über die Autorin:
Silke Heimes, geb. 1968 in Darmstadt, Studium der Medizin in Frankfurt am Main, Promotion über Peter Handke: „*Schreiben als Selbstheilung. Eine Endo- und exopoetische Untersuchung.*" Lebt als Schriftstellerin, Journalistin und Übersetzerin in Heidelberg. Lehrbeauftragte und Dozentin für Medizin in Mannheim. Kursleiterin „Kreatives & Biographisches Schreiben".
Internet: www.silke-heimes.de

textwerk-Stipendium der Bertelsmannstiftung 2001/2002

Publikationen:
Zahlreiche Erzählungen in Anthologien und Literaturzeitschriften, u.a. in Literaturbote 60 (Dezember 2000), Literaturbote 65 (März 2002) und Literaturbote 72 (Dezember 2003). Essays und wissenschaftliche Publikationen in Fachzeitschriften. Fachbuch „Krankheitslehre" (mit U. Beise und W. Schwarz), Springer Verlag, Heidelberg 2006

Weitere Titel der Alkyon-Reihe

Margaret Kassajep, Kind, wein' doch nicht! Roman.
164 S., EUR 9,90(D), EUR 10,20 (A),- SFR 18,10.
3-934136-53-2

Roman einer Berliner Familie in der Nazizeit (1935-39). Im Mittelpunkt steht das Mädchen Püppi Müller. Es wandelt am Abgrund. Doch die erste Liebe, das Verständnis der Großmutter und das Organisationstalent der Mutter verhindern immer wieder das Schlimmste.

Wjatscheslaw Kuprijanow, Eisenzeitlupe. Gedichte
92 S., EUR 9,40(D), EUR ,- SFR 16,70.
3-934136-33-8

Kuprijanows Gedichtband spiegelt wider, was er als europäischer "Autor auf Wanderschaft" wahrnimmt. Es verwandelt sich unter seinem Blick in Bilder von skurriler Hellsichtigkeit. Der Band stand im Februar 1997 auf Platz 1 der SWF-Bestenliste.

Lotte Betke, Feuermoor oder Sieh dich nicht um. Roman
180 S., EUR 9,90(D), EUR 10,20 (A),- SFR 18,10.
3-934136-22-2

Die inzwischen hundertjährige Autorin schildert in diesem Roman Vorgänge, die sie im Berlin der 30er Jahre als Schauspielerin unter Gründgens und Fehling selbst erlebte. Ein bewegendes Zeitdokument über die Welt des Theaters unterm Hakenkreuz.

Heinz Ratz, Die große Schwangerschaft.
124 S., EUR 9,90(D), EUR 10,20 (A),- SFR 18,10.
3-934136-51-6

Der Schauspieler, Rezitator und Straßenkünstler verwandelt in diesen „monströsen Geschichten" die Alltagswelt in ein Pandämonium. Alles ist gleichsam verschworen, die Dinge, die Halt gewähren, aus ihrer Verankerung zu lösen.

Hilde Möller, ... den Himmel mit Händen fassen. Roman
208 S., EUR 11,40(D), SFR 19,70
3-934136-30-3

Auf einer Reise nach Israel begegnet die Fotografin Sophie Wenger dem jüdischen Schriftsteller Jonas Ben-Yadin. An seiner Seite erschließt sich ihr das Land, nach dem sie sich seit ihrer Kindheit gesehnt hat. Hier findet sie Antworten auf den Hass ihres Vaters für alles Jüdische. Noch wagt sie es nicht, die von der Mutter hinterlassenen Aufzeichnungen zu lesen. Doch die Nähe des liebenden Mannes gibt ihr die Kraft, sich dem Geheimnis ihrer Existenz zu stellen.

Hedi Hummel, Pluto über Berlin
332 S., EUR 12,400(D), EUR 12,75 (A),- SFR 22,60.
3-934136-32-X

Kein normaler Krimi, eher eine „kriminelle Liebesgeschichte" die sowohl die Hüter des Gesetzes als auch die Mordverdächtigen mit der Frage konfrontiert: „Wie lebe ich und wie liebe ich und, wenn überhaupt, wen?"

Historische Reihe

Band 1 und 2
F.G. Lehmann, Lehmanns Tagebuch 1826-1828 / 1828-1830
1999 / 2000e 292 S. u. 310 S., EUR 12,68(D), SFR 23,00
3-934136-00-1 und 3-934136-01-X

Band 3
Werner Heil, Der stille Ruf des Horusfalken
1999e 92 S., EUR 8,59(D), SFR 16,00
3-934136-02-8

Band 4
Eberhard Keil, Lehmanns Dorf 1830-1869
2001e 148 S., EUR 8,95(D), SFR 17,00
3-934136-03-6

Band 5
Kenneth F. Sheridan: Entführung 1934 / Kidnap the Jew
Episode aus der Frühzeit des Naziregimes
2002e 104 S., EUR 7,80(D), SFR 15,00
3-934136-05-2

Band 6
Eberhard Keil, Lehmanns Erben 1869-1914
2003e 164 S., EUR 9,40(D EUR 9,70(A), SFR 16,70
3-934136-03-6

Band 7
Gerardo G. Sachs, Ansichten und Einsichten /
Piñones y Opiniones (dt./span.)
2004e 164 S., EUR 9,40(D),EUR 9,70(A), SFR 16,70
ISBN 3-934136-06-0

Band 8
Eberhard Keil, Die Sachswerk-Saga 1914-1945
erscheint im Sommer 2006: ca. 250 S. ca. 12,50 EUR
3-934136-07-9

Ein Tuchmacher aus dem mittelsächsischen Hainichen zeichnet in den Jahren 1826-1830 ein sehr genaues und aufschlussreiches Bild seines Lebens, seiner Liebe und seiner industriellen Anfänge. – Die Gedanken von "Lehmanns Tagebuch" nehmen Gestalt an und finden in der Geschichte von "Lehmanns Dorf" ihre Fortsetzung. - „Lehmanns Erben" schildert den Untergang seines Unternehmens im Kaiserreich. 1914 erwirbt ein jüdischer Fabrikant aus Chemnitz die Fabrik, die in die Mühlen der Weltwirtschaftskrise und des Nationalsozialismus gerät.